MARGES DE PROGÈS SENTIMENTAL

GWENOLA KERLAOUEN

© 2020, Kerlaouen, Gwenola
Edition : Books on Demand,
12/14 rond-Point des Champs-Elysées, 75008 Paris
Impression : BoD - Books on Demand, Norderstedt, Allemagne
ISBN : 9782322235483
Dépôt légal : septembre 2020

Merci à mes premiers lecteurs,
Anne, Elisabeth, Monika, Solange et Fernand,
de m'avoir encouragée à poursuivre l'aventure de
mes personnages créés de toutes pièces dans
« Au bord de la crise de nerfs: point de bascule».
Ils avancent de façon plus ou moins gracieuse…

« Les vraies aventures sont dans la tête
et si elles ne sont pas dans la tête,
elles ne sont nulle part. »
André Heller

Pour ce deuxième livre, il m'a semblé important de donner à voir de nouveaux visages. C'est vrai, j'aurais pu dessiner les mêmes personnes dans d'autres poses ou sous d'autres angles, mais les histoires et les dessins n'ayant aucun lien, j'ai souhaité en souligner davantage l'inexistence. Et, comment aurais-je pu retrouver de parfaits inconnus?

Les personnages que j'ai fait naître dans « Au bord de la crise de nerfs: point de bascule » s'affirment, ils commencent à réellement vivre leur vie et ne s'inspirent plus guère de mes petits malheurs. Pour tout dire, ils sont devenus incontrôlables. Je n'ai plus accès à leur monologue intérieur. Ils ont pris tellement de libertés que je n'arrive plus à poursuivre leurs aventures. J'ai dû faire appel à un narrateur omniscient.

Ils m'ont surprise par leur audace, leur ingéniosité et leur humanité. De leurs choix surprenants et courageux, j'essaie de tirer des leçons pour moi-même. Je n'en reviens pas, ils commencent à s'intéresser les uns aux autres, alors qu'ils semblaient être des cas plus désespérés les uns que les autres.

Je dessine toujours avec autant de plaisir, mais l'écriture m'épanouit tout autant depuis le début de cette aventure. C'est comme l'amour d'un parent bienveillant: son amour pour le premier enfant ne diminue aucunement à l'arrivée d'un deuxième, il se multiplie. Et au troisième, c'est absolument pareil. L'écriture, le dessin, la peinture. Pour davantage d'enfants, j'ignore ce qu'il en est.

Si, à la fin du premier livre, j'ai laissé des dessins sans leur attacher d'histoires, vous l'aurez compris, c'était pour donner envie au lecteur d'imaginer des histoires ou de se rendre compte que toutes les vies ont des côtés romanesques. Il faut simplement les apprécier à leur juste valeur. Il suffit de vraiment prendre le temps de croiser longuement le regard d'autrui. Et cette fois, il y a des histoires qui n'attendent que vous pour dessiner les portraits des protagonistes!

Ne tenez compte d'une éventuelle ressemblance avec des personnes réelles, vivantes ou ayant existé. Si d'aventure vous pensez reconnaitre le portrait d'un membre de votre famille, d'ami(e) ou collègue, ne vous inquiétez pas et ne les embêtez pas, ce ne sont pas eux. Mes dessins ne sont pas très ressemblants. Les modèles me le disent souvent.

GWENDOLINE

Elle avait pris de bonnes résolutions pour le déconfinement progressif. Après tout, ce n'est pas parce que l'espoir d'une belle histoire se brise que la vie en fait autant. La suite des événements peut être décrite ainsi: venit, vidit, vicit. Il est donc venu, il a vu, il a vaincu. Ce n'est pas qu'elle ait eu affaire à Jules César, mais ce fut, comment dire, une défaite.

Elle s'était imaginé des choses qui n'existaient que dans sa tête, à elle, et non dans la sienne, à lui. Elle a dû se rendre à l'évidence du pire des scénarios. En un sens, et rétrospectivement seulement, c'était vraiment mieux comme ça.

Comme tout un chacun, Gwendoline avait largement profité du confinement pour revenir sur sa vie. Mais bon, c'était long, mais que c'était long! Elle avait pas mal tourné en rond, déjà parce que le rayon d'un kilomètre, vraiment ce n'était pas grand-chose pour une grande marcheuse comme elle.

Quand on répète la même chose à longueur de temps, on se met à ressasser. Et la répétition, elle sait bien ce que c'est. La répétition comme meilleur moyen d'apprendre, la répétition des tâches ménagères, la répétition d'histoires familiales.

Parfois, aux Beaux-Arts, on lui demandait de répéter les mêmes motifs, de répéter des traits ou signes. Elle n'aimait pas particulièrement ces exercices-là. Mais un jour, à force de répéter, elle a créé une œuvre vraiment originale qui lui plaît toujours énormément.

Gwendoline s'en étonna elle-même et dit au professeur, « C'est étonnant, mais à force de faire

n'importe quoi, on finit par vraiment y voir clair! »
Ils en rirent de bon cœur tous les deux et pour une fois, elle avait aussi dit quelque chose qui impressionnait son professeur.

Donc, à force de ressasser, elle s'était fixé un nouvel objectif: arrêter de chercher, plutôt trouver pour changer. Trouver quelqu'un avec qui s'enfermer pour le prochain confinement. Elle a l'air un peu fleur bleue comme ça, mais elle n'est pas stupide pour autant. Elle sait pertinemment que d'autres confinements auront lieu. Et elle ne veut, en aucun cas, vivre seule un autre confinement.

Le déconfinement approchait tout de même, mais c'était évident qu'il allait être bien progressif. Il faudrait attendre longtemps avant de pouvoir revenir à la normale. Gwendoline mettait la musique à fond, chaque fois qu'elle entendait dire qu'on ne reviendrait peut-être plus jamais à la normale.

Il y a toujours de la marge entre entendre et vouloir écouter, pour Gwendoline comme pour quiconque. Parce que déjà, la normale n'avait pas toujours été drôle, qu'est-ce que ça allait être alors! La distanciation « sociale » a fait que d'un coup d'un seul, tout le monde était devenu cassos, la distanciation physique avait bien été qualifiée de sociale au départ.

Comme Gwendoline vivait dans un pays où on disait que, pour endiguer la pandémie, il fallait une distance minimum d'un mètre pour les contacts humains, alors que dans tous les autres pays européens, ils en étaient à un mètre et demi, elle se disait que c'est tout de même drôle que les Français aient besoin de moins se distancer, alors qu'ils sont Européens, eux aussi.

Même en gardant leurs distances, ils sont plus proches les uns des autres. Mais bon, peut-être que ça suffit après tout, et qu'il n'est pas étonnant que ce soit ce pays qui a vu naître le « French kiss », un baiser aussi rapproché, qu'aucun autre Européen n'aurait osé imaginer. Et pour ce qui est de la pelle, tant mieux, alors là, tant mieux !

Gwendoline voyait bien quand elle sortait tous les deux, trois jours pour faire son footing qu'un tas de gens ne respectaient même pas le mètre de rigueur et qu'elle devait se mettre sur le bas-côté, alors qu'il y avait largement de la place pour se croiser en toute sécurité, si chacun restait bien sur son côté.

Mais non, il y en avait toujours qui se baladaient en plein milieu. Avec de tels comportements, il y avait un réel risque que le déconfinement progressif se termine en confinement encore plus strict et davantage prolongé.

Mais bon, elle avait encore largement de quoi s'occuper. Juste avant le début du confinement, elle avait fait fabriquer des châssis qui faisaient quasiment le double du tableau qui lui avait été commandé. Elle avait prévu trois châssis, se disant que si elle ratait le premier tableau, elle pourrait toujours commencer avec un tableau rase. Faire table rase de ses bêtises.

Gwendoline voulait faire une super bonne surprise à l'homme qui lui avait commandé un tableau précis, avec une œuvre magnifique et magiquement grandiose, d'une surface majestueuse et imposante. Le résultat devait être merveilleux et fantastique, tandis qu'elle allait devoir se contenter du prix initialement convenu.

Après mûre réflexion et des mois de confinement, tout ce qu'elle avait trouvé à lui dire, c'était, « Non, je ne le fais pas ton tableau! ».

YANNIG

De temps à autre, Gaidig continuait à écrire un petit mot gentil à Yannig, ce qui, du coup persistait à l'énerver. Après tout, il l'avait plaquée et bien plaquée. Qu'est-ce qu'elle avait à ne pas lui ficher la paix!

Mais oui, on se demande bien pourquoi, elle était aussi bête que gentille. Une femme drôlement intelligente, mais bête, il n'y avait pas d'autre mot, elle était bête à ne rien piger. Elle devait donc encore penser à lui, si ça se trouve, elle rêvait encore de lui. Du coup, par messages interposés, elle revenait sans cesse dans ses pensées. Pour rien.

A chaque message, Yannig se disait, « Qu'est-ce qu'elle est gentille cette femme! », alors qu'il ne s'était pas entièrement comporté en gentleman, il en avait conscience. Alors, il répondait, certes quelques jours après, mais correctement, brièvement, convenablement.

Cependant, le problème persistait. Elle répondait gentiment, même à ses messages uniques et laconiques. Lui ne répondait pas au deuxième, ni au troisième message. Pourtant, ça lui coûtait de n'avoir pas le dernier mot. C'était salaud, il le savait, mais bon, il avait répondu une première fois. Il savait qu'il ne fallait pas lui infliger un ghosting dans les formes. Elle ne le méritait pas, tout de même. Alors, un message, un seul... fallait pas qu'elle en attende plus de sa part.

Aucune autre ne lui écrivait encore et c'était tant mieux. Sinon, à force de recevoir des centaines de messages, en pleine réunion ou quand il se concentrait sur un dossier compliqué, il serait obligé de changer de numéro de portable. Yannig utilisait le même portable pour ses contacts professionnels et personnels. Il avait essayé, un temps, de se balader avec deux téléphones.

L'avantage était qu'il pouvait drôlement séparer sa vie professionnelle de sa vie privée, mais bon, c'était compliqué de les trimballer tous les deux. Il lui était arrivé d'en paumer l'un, toujours quand il était complètement éteint. Il ne pouvait même pas s'appeler pour faire sonner le portable égaré. C'était bien avant la localisation d'objets perdus par d'autres appareils. Autant dire la préhistoire informatique, quand les portables étaient plus grands, plus lourds. Bref, à un moment donné, il a décidé de tout concentrer, de fusionner pour ainsi dire, à l'instar de sa boîte qui ne cessait de fusionner toutes les petites entreprises du secteur.

Il serait ridicule de changer de numéro. Tout le monde lui dirait, « Mais t'es con, Yannig, depuis quelques années, ton opérateur te garde ton numéro et même si tu en changes, le nouvel opérateur se charge de te le conserver! Tu ne vas pas m'obliger à changer tes coordonnées dans mes contacts, je n'ai pas que ça à faire! »

Au fond de lui, Yannig savait bien qu'il en faisait trop à chaque nouvelle conquête. La plupart du temps, il était très bien tout seul, dans sa grande maison, entourée de son grand jardin. Mais de temps en temps, il aimait être avec une femme. Et il ne voulait pas que ça traîne trop, quand ça le prenait. Alors, il mettait le paquet. En général, la femme en question appréciait tellement d'être avec lui qu'elle voulait passer à un autre stade. Mais pas lui. Il fallait qu'il se débarrasse d'elle.

Pour sûr, c'est à n'y rien comprendre, car Yannig a aussi un vrai fond romantique. Il cherche une princesse, une fille vraiment différente qui lui convienne. Mais il n'a pas conscience qu'il s'est abruti lui-même, tout seul, et qu'il a fini par être intime avec un certain nombre de princesses. Il ne leur a juste pas donné leur chance. Il ne veut pas les voir avec son cœur telles qu'elles sont.

Avec Gwendoline, il aimait parler peinture, c'était une véritable artiste. Il s'en était rendu compte, il voulait lui acheter quelques tableaux et dessins et aurait fait de superbes affaires. Elle manquait tellement de confiance en elle, qu'elle ne se rendait pas compte qu'elle avait un talent fou. Et que le tableau le plus beau, c'était peut-être elle-même étalée sur son lit. En pose pas posée, une vue impayable.

Enora s'était mise à lui parler en se baladant sur la plage, alors que personne ne se regarde, par peur de tomber sur quelqu'un qu'on n'a pas envie de voir un dimanche après-midi. A l'heure bleue, avec un regard plissé, concentré et pensif, elle lui a demandé, « A votre avis, la mer, est-elle bleu roi, ardoise, cobalt, safre, lapis-lazuli, pastel, azur, turquin ou charron ? »

Jamais, au grand jamais, Yannig n'avait entendu chose aussi poétique. Sur les sites, les femmes se dévoilent tout de suite, mais une fois dehors, elles jouent les vierges effarouchées. Oui, Enora était décidément une femme qu'on ne trouverait jamais sur un site de rencontre. La poésie n'a pas sa place sur un tel site.

Katell était si rigolote que Yannig avait, à plusieurs reprises, failli pisser dans son froc. Elle faisait des remarques et des blagues, de celles qu'on pouvait faire avec des potes, mais pas tellement avec des femmes. Et le plus drôle, c'était qu'elle y allait même encore plus fort!

Soizig était une erreur de parcours. Elle était même encore plus âgée que Yannig. A l'époque, il devait se sentir plus mal qu'il n'aurait le courage de se l'avouer. Il s'avouerait encore moins que, quand même, c'était un peu comme coucher avec sa propre mère. Depuis des années, il aurait pu se rendre compte que certaines femmes, avec lui, avaient pu avoir l'impression de coucher avec leur père. Lui-même, n'avait-il pas l'impression de coucher avec une de ses filles, lorsqu'il était avec de petites jeunes?

Il aurait bien voulu commencer un beau petit flirt avec Rozenn. Mais, Yannig ne comprit jamais pourquoi elle disparut du jour au lendemain, de toutes les pistes de danse. Dommage, elle était bien plus jolie que sa copine, qui est à toutes les soirées. Si seulement elle arrêtait de lui tourner autour. Il va finir par lui sortir une vraie grosse vacherie. Décidément, elle ne pige rien à rien, pas même qu'elle devrait plutôt se caser avec Hardy.

Klervi était vraiment très, très belle. Mais alcoolique. Yannig ne pouvait comprendre de quelle façon ou pour quelle raison une fille comme Klervi pouvait devenir picoleuse. Il a pris peur, vraiment peur, elle était ingérable, alcoolique, quoi. De vrais délires éthyliques qui ne faisaient pas envie du tout. Peut-être même pire qu'alcoolique, elle a dû finir dipsomane. Depuis sa rupture avec elle, il l'a croisée plusieurs fois. Elle est plus déchirée que jamais. Et bien moins belle aussi. Mais bon, est-ce de sa faute à lui?

Morgane était une douce rêveuse, pas faite pour ce monde de brutes. Qui n'aurait envie, de temps en temps, de redescendre les pieds sur terre? Ce n'était pas possible avec Morgane, toujours la tête dans les nuages. Pour sûr, elle ne cassait pas les pieds de Yannig. Elle, au moins, savait danser, vraiment bien danser. Et elle savait se laisser guider.

Morgane n'était pas bête comme ses pieds comme un tas d'autres. Elle cuisinait à merveille. Elle était craquante dans son tablier de cuisine noir qui lui descendait plus bas que ses mini-jupes. Yannig n'avait qu'à mettre les pieds sous la table. Mais tout a fini le jour où elle a mis les pieds dans le plat. On ne pouvait pas parler de la sorte à Yannig, non, mais!

Nolwenn, il fallait toujours qu'elle analyse tout. Absolument tout, sauf elle-même. Awena était séductrice et ravissante, mais creuse. Lena était tordue, même pour Yannig, trop vicieuse et instable, imprévisible et lunatique avec ça.

Solenn donnait toujours l'impression de réfléchir. Non pas d'avoir la tête dans les nuages comme tant d'autres, non, mais de réfléchir à quelque chose de réellement compliqué. Du coup, elle faisait peur à Yannig.

Sterenn était lisse et parfaite telle une image de magazine destiné au public masculin sélect. Alors personne n'osait l'approcher de peur de l'abîmer. Il n'y a qu'un seul type qui y soit jamais parvenu. On les voyait sortir ensemble tous les samedis. Yannig s'en veut de ne pas avoir essayé de l'approcher. Vous vous imaginez, sortir avec une vraie bombe de magazine porno. Et dire que ça aurait pu être lui!

La liste ne s'arrête pas là, mais comment voulez-vous retenir tous ces noms et visages?

Yannig a l'impression d'avoir fait le tour de toutes les femmes. Évidemment que non. Mais les plus chouettes, il les a déjà côtoyées, elles ne voudront plus de lui. Maintenant, il aura ce qu'il mérite probablement.

Dans les contes, ce sont les princesses qui choisissent les princes, les yeux ouverts. Dans la vie, ce sont les Yannig qui embarquent les princesses, le cœur fermé.

ENORA

La visite éclair d'un seul site de rencontre, a été si peu concluante, qu'elle poussa Enora à sortir le soir seule sur la côte ou en centre-ville, à regarder les hommes droit dans les yeux. Elle se baladait toute seule dans l'espoir que c'était la dernière fois.

Chose incroyable, Enora a fini par faire parler les hommes naturellement dans des situations de vie réelle. Les hommes en question n'en revenaient pas que cela puisse se faire aussi rapidement, aussi simplement que ça de nos jours, à tel point qu'ils commençaient vraiment à s'intéresser à elle.

Avec Fanch, ça semblait vraiment bien coller. Dès le départ, il la trouvait « très chouette ». Et les affinités faisaient qu'au final, il y avait même plus que les affinités.

Un mardi soir, sur le coup de l'apéro, elle l'a vu sortir de l'eau alors qu'elle se croyait seule au monde dans cette crique. De l'eau tout au plus à quatorze degrés! Elle lui dit alors, « Mais dites donc, si vous n'avez pas froid aux yeux au point que vous n'avez pas froid dans cette eau glaciale, qu'est-ce que ça doit être alors! »

Fanch était sportif, musclé, toujours prêt à faire un tour en vélo ou se promener sur les côtes. Enora aimait beaucoup le grand air. Chose plus étonnante encore, ils avaient le même âge, disons quasiment et à quelques années près, en défaveur de Fanch.

Enora s'était drôlement habituée à recevoir de gentils messages, des messages qu'on aurait pu aurait pu qualifier de bateau, mais elle, ça lui faisait un bien fou. Les prises de têtes intellectuelles, elle en avait déjà suffisamment dans son job.

Des jours, des semaines, des mois durant, elle échangeait de gentils messages avec Fanch et, du jour au lendemain, plus rien! Elle n'a cessé de faire le scrolling de ses SMS, de la messagerie de son réseau social et même d'une autre application qu'elle utilise surtout pour ses contacts étrangers, mais pas uniquement.

Des petites attentions par centaines, même assez équilibrées. Avec Fanch, ce n'était effectivement pas toujours elle qui relançait le contact par une petite remarque drôle ou une pensée originale. Elle s'en était déjà rendu compte pour d'autres hommes. Par ce dernier verdict du scrolling, elle allait savoir qui tirait le plus sur la corde. Souvent, il n'y avait qu'elle qui tirait, et forcément, par la force des choses, elle se retrouvait à terre plus rapidement qu'elle ne le souhaitait. Ou bien, elle tirait les ficelles sans le faire exprès.

Enora aimait le théâtre, elle aimait les situations intenses et complexes, au théâtre comme dans la vie, tout en restant fidèle à elle-même. Elle aimait la mise en scène pour s'amuser et vivre intensément. Donc, inévitablement, à la longue, elle donnait l'impression aux hommes qu'ils étaient ses marionnettes. Mais c'était toujours juste qu'elle aimait tout ce qui sortait de l'ordinaire. Elle aimait ne pas être dans la banalité.

Yannig, Loig et Elouan n'aimaient pas son côté imprévisible, euphorique et exaltant. Ils préféraient jouer le premier rôle, ils voulaient que tout tourne autour d'eux. Ce n'est pas forcément qu'ils étaient vantards, fanfarons ou crâneurs, quoique... Mais c'était probablement une déformation professionnelle ou peut-être quelque chose dans leur éducation. Elle ne le saurait jamais. Ils fermaient toutes les portes à clé quand elle voulait savoir quelque chose de personnel sur eux. Et jamais, elle n'était arrivée au stade des présentations à la famille.

Mais cette fois, c'était différent. Cet homme, Fanch, était différent, c'est du moins ce qu'elle pensait. Elle se trouvait là, toute seule, dans son grand lit à vouloir comprendre. Juste un dernier petit message et elle verrait bien.

Enora s'était pourtant juré de ne plus jamais écrire à un homme plus de trois messages gentils sans obtenir de réponse. Aussi beau, intelligent, cultivé, avenant, gentil, attentionné, parfait soit-il, elle ne remettrait plus jamais ça. Il ne fallait plus qu'elle se ridiculise et se rabaisse de la sorte. Jamais deux, Yannig et Loig, sans trois, Elouan. Mais là, il y avait Fanch en plus.

Une fois de plus, c'était quasiment du domaine de l'éducation. On en était souvent là, il fallait leur apprendre les bonnes manières. Peut-être qu'autrefois, ils savaient eux-aussi, ce qu'étaient les bonnes manières, mais à force de s'abrutir avec leurs rencontres virtuelles, plus rien n'y était, ni les formes, ni les bonnes manières, ni la bonne éducation. Après tout, qu'est-ce que ça coûte? On vous dit ou écrit quelque chose, on répond poliment. On dit « non » sans vexer personne. Ou on termine une relation amicale, et surtout amoureuse, poliment. Le ghosting sans closing, inadmissible et inhumain.

Le ghosting était en effet devenu le mode opératoire habituel. En théorie, Enora savait bien que ça existait et connaissait bien le terme technique. C'était de la lâcheté. Les autres ne s'en étonnaient, ne s'en offusquaient peut-être pas, mais pour elle, c'en était trop. Trop qu'elle doive le vivre par elle-même, qu'il ne suffisait pas de juste savoir que ça existait. En effet, ça a bien existé avec Yannig, avec Loig, avec Elouan. Et maintenant avec Fanch.

C'était, à nouveau, tout comme lorsqu'elle l'avait subi la toute première fois. Vivre le ghosting, alors que tous les signes précurseurs d'une belle histoire étaient au vert et que la belle histoire était même déjà entamée. Alors ça, non, ça n'allait pas du tout. La énième fois, c'était comme la première fois, en tout cas pour Enora.

Avec Yannig, ça lui avait pendu au bout du nez. Il ne l'avait pas déçue, Yannig, avec ses belles paroles, « Des profils comme le mien, il y en a plein! Tu n'as qu'aller sur un site! » Au moins, c'était franc et direct. Une belle vacherie ou des paroles crues valent mieux que le silence radio. Enora l'avait compris à ses dépens. Au moins, après ça, elle n'avait plus jamais rêvé de lui. Il ne l'avait jamais plus hantée.

Elle pouvait être fière d'elle, d'avoir réussi à lui répondre, « Mais tu sais, je ne cherche pas un profil, je vérifie le profil de mes pneus de voiture, même du vélo, s'il le faut, mais à part ça, c'est un homme qui m'intéresse, bien plus qu'un profil! »

Mais voilà, il ne s'agissait plus de Yannig là, mais bien de Fanch qui devait, enfin, être le bon numéro. Et voilà que ça recommence, qu'elle recommence. Trois messages en l'espace de dix jours, ce n'est pas grand chose, mais un silence de dix jours à ses trois messages, ça pèse drôlement lourd.

Le dernier message d'Enora est au moins très clair. C'est un message qui ne pourra pas rester sans réponse. Ce serait de la cruauté à vous faire douter de l'humanité de ne pas répondre à « Bonjour, vraiment, je me sens très stupide après tout ce ghosting... Penser que j'avais l'impression que je pouvais avoir une belle histoire avec toi et que mes messages n'ont plus aucun sens maintenant, évidemment... Même pas avoir droit à la moindre explication - moi, ça me fait mal... et je ne mérite peut-être pas quand-même... »

Toute intellectuelle qu'elle était, la plupart du temps, elle ne réfléchissait pas. Elle aurait fini par comprendre que quelque chose clochait avec Fanch. Mais comment ne pouvait-elle pas se rendre compte que c'était tout de même bizarre, qu'il fallait qu'il aille autant marcher dans l'eau, par tous les temps.

Parfois, Enora aurait voulu bouquiner tranquillement au chaud chez Fanch quand il fallait absolument qu'il aille se mouiller, mais il disait qu'il voulait l'avoir toujours près de lui. Qu'il adorait la regarder marcher sur la plage pendant qu'il marchait dans la mer. Elle trouvait ça mignon, mais quelque peu étonnant, sans être grotesque pour autant.

Comme s'il ne voulait pas la laisser seule, le moindre instant chez lui, de peur qu'elle ne tombe sur quelque chose. Il aurait pu mieux la connaître, Enora n'était pas une fouineuse. Elle n'avait pas besoin de ses clés de maison, non plus. Elle n'aurait jamais vu l'intérêt d'être chez lui sans qu'il y soit.

Par contre, juste l'attendre un peu en bouquinant tranquillement, quand l'eau était trop froide pour elle, la plage trop ventée et même, le fameux fond de l'air chaud, trop froid pour elle. Vraiment était-ce trop lui demander? Que pouvait-il bien cacher de si horrible dans sa maison douillette?

Cette fois, ça y est, elle a réfléchi. Il n'est pas digne qu'elle lui réponde quoi que ce soit et pour de bon. Car, tout ce qu'elle a eu comme réponse, fut: « Je comprends. Tu ne dois pas l'être et tu ne mérites pas cela bien sûr. »

« Tu ne dois pas l'être. » Elle n'en revient pas, c'est la preuve ultime qu'il utilisait des messages préenregistrés ou envoyés à plusieurs femmes en même temps, dont elle. Peut-être tout au long, tout au long de tout ce temps merveilleux.

« Tu ne dois pas l'être »?! C'est ce qu'il répondait probablement à toutes les femmes qui lui écrivaient qu'elles étaient tristes. Mais Enora n'a pas écrit qu'elle était triste, elle a bien écrit qu'elle « se sentait stupide », et il était censé écrire « tu ne l'es pas », mais pas « tu ne dois pas l'être ». Donc en clair: « Tu ne dois pas être stupide! » Ne sois pas stupide!

C'était le jour où elle a fini par aller se balader malgré l'avis de tempête et qu'elle a vu passer Elouan sur sa KTM. Elouan qui n'avait pensé qu'à sa pomme et à sa moto. C'était bien ce jour-là en effet qu'elle avait compris qu'elle n'avait nullement besoin de Fanch pour lui dire qu'elle ne devait pas être stupide, car stupide, elle ne l'était décidément pas de toute façon. C'était peut-être cela son plus grand défaut.

DENEZ

« J'ai un boulot de merde! », c'est ce que Denez se dit le matin en se levant, sous la douche, en prenant son café le midi, en rentrant le soir et en se couchant. Tous les jours.

Son job, c'est d'aller sur les chantiers, quand ça foire. Lorsque le chef de chantier ou l'architecte commence à se rendre compte que la garantie décennale tombera forcément à un moment donné, il appelle Denez et lui pose la question qui tue, « Denez, qu'est-ce qu'on peut faire pour que ça ne dégringole que dans onze ans? »

Donc, quoi que Denez fasse, il met quelqu'un dans la merde. Et c'est avec ça qu'il gagne sa vie. Comme, au départ, il n'est pas mauvais bougre, mais qu'il faut bien qu'il vive de quelque chose, ça le tracasse. En temps normal, il se change les idées en allant danser le samedi soir. Disons, quand c'est possible, parce que ce n'est pas sûr que Denez survive à un autre confinement imposé.

Denez aurait bien voulu être en chômage technique, quitte à avoir moins de sous. Mais non, il fallait absolument qu'il télétravaille. Il s'était rendu compte que ce n'était pas mal du tout de pouvoir aller sur les chantiers, équipé de casque, de chaussures renforcées, de bottes, s'il le fallait. Mais passer tout son temps au téléphone, à expliquer des applications aux commanditaires et aux clients qui n'écoutaient qu'à peine, qui ne comprenaient pas pourquoi ils devaient lui montrer en vidéo live de quoi il s'agissait, il s'en fallait de peu qu'il les envoie balader.

Denez n'en pouvait plus. Et, par dessus le marché, encore plus de paperasse, parce qu'on lui demandait de tout mettre par écrit, étant donné qu'au téléphone, personne ne pigeait rien à rien. Le confinement tapait sur le système de tout le monde. Ils s'abrutissaient tous devant leurs télés et jeux vidéos. Denez commençait à en voir les effets: le manque d'attention, l'appauvrissement des conversations, la perte d'intérêt.

Pire qu'en temps normal. Même les adultes ne se méfiaient pas, alors qu'ils voyaient bien les ravages des écrans sur leurs ados. « Pourquoi tout le monde se croit toujours au-dessus du lot? Pourquoi? Ils sont cons, ils pourraient au moins s'en rendre compte, non? »

Oui, Denez commençait à se parler à lui-même à voix haute. Il n'y avait pas encore vraiment de quoi s'inquiéter. Il n'en était pas encore au stade de ceux qui disent que leurs chats et plantes leur répondent quand ils leur parlent.

Comme Denez était à la maison, le réfrigérateur toujours rempli, merci le drive, il fallait qu'il se serve une petite bière de temps en temps. Même en plein jour. Encore une semaine de confinement et il devrait aller en cure de désintoxication. Tout ça s'est arrêté à temps. Il a vécu une sorte de garantie décennale déguisée en confinement de huit semaines. Vraiment, ça a failli péter un jour avant la fin. Sans blague.

Denez n'a repéré aucun réalisateur, metteur en scène, ni acteur de talent avec ses vidéos de chantier. Que du mauvais cadrage, du flou, de l'incompréhensible et du sans intérêt. Tiens, parfois on aurait dit Rohmer, de Oliveira ou Godard. Quand c'étaient les trois à la fois, Denez sortait son vieux bouquin de Tai Chi pour les Nuls, ou bien il se commandait une machine à coudre pour fabriquer des masques, parce que vraiment, il commençait à angoisser. Un tas de gens sortaient masqués et de toute évidence, ces masques étaient des confections maison. Parfois il sortait les aiguilles à tricoter et les pelotes de laine qu'il avait récupérées à la mort de sa mère et dont il ne savait que faire, pour l'instant.

Vraiment, il aurait dû se filmer lui-même dans ces moments-là, il aurait gagné le premier prix au Festival Intergalactique du Documentaire Alternatif. Oui, il fallait qu'il surfe un peu sur la toile de temps à autre, juste comme ça, pour voir autre chose. Ce festival existait vraiment et quasiment près de chez lui.

Denez avait le blues. Denez était mélancolique, victime consentante de cette vague tristesse, accompagnée de rêverie. Pas de quoi sérieusement s'inquiéter pour lui. Ce n'était pas encore la mélancolie délirante anxieuse ou stuporeuse, pas encore l'état de dépression intense vécu avec un sentiment de douleur morale, et caractérisé par le ralentissement et l'inhibition des fonctions psychomotrices et psychiques.

C'est, tout au contraire, grâce à cet état second, qu'il s'est remémoré ce qu'il peut facilement qualifier comme le moment le plus drôle et heureux de toute sa vie professionnelle. Pour un peu, il l'aurait complètement oublié. Merci le confinement. Il y a du bon à tout, évidemment!

C'était au début de sa carrière, si on peut parler de carrière. Il devait aller dans un lotissement nouvellement construit dans la couronne d'une ville importante de Bretagne. Les propriétaires de certaines maisons se plaignaient qu'ils entendaient tout des maisons mitoyennes. D'autres disaient que non, ils n'entendaient rien. Ou alors, que le bruit de l'une des maisons mitoyennes était insupportable, alors qu'on n'entendait rien, absolument rien, de l'autre côté.

Denez ne voulait pas être indiscret et n'osait leur demander précisément ce qu'ils entendaient et à quel moment de la journée ou de la nuit. Il aurait pu s'amuser un peu, se prendre pour Colombo.

A l'époque, il a failli dire, « Normal, les gars, fallait être moins radin ou vous acheter une maison isolée! » Mais comme c'était son gagne-pain, il a fait un devis accepté par la co-propriété et il est venu sur place avec ses instruments de mesure. A priori, tout le monde était au courant du jour et de l'heure de son passage. Il valait mieux, déjà, pour qu'on lui ouvre la porte.

Donc, Denez va de maison en maison, fait ce qu'il a à faire, tout se passe bien pour l'instant, sauf qu'en effet, l'insonorisation des murs mitoyens va du simple au double, elle est de moitié, soit au-dessus, soit au-dessous de ce qu'elle doit être. Il analyserait ça plus tard. Faut juste qu'il passe encore dans la maison du bout.

Il sonne. Il attend. Une femme, avec un bébé dans les bras, lui ouvre. Nous parlons d'une fraction de seconde, mais le regard de Denez s'arrête à sa poitrine. Il voit clairement sous le t-shirt de la dame qu'un des tétons est caché par le soutien-gorge, mais que l'autre dessine une empreinte sublime: une belle tache ronde légèrement humide. Il a donc affaire à un soutien-gorge d'allaitement, à moitié ouvert, que la dame n'a pris le temps d'arranger, avant de lui ouvrir. Elle devait être en train d'allaiter au moment où il sonnait.

Denez essaie de se concentrer, de rester professionnel et dit, « Je vais tirer mon coup! » Il a déjà un pied dans la porte et veut entrer, mais la dame portant le bébé se met en travers de son chemin. Elle, très en colère, de lui répondre: « Je ne vous le permets pas! »

Denez se dit, « Elle est bête ou quoi?! ». Il avait pourtant bien expliqué dans son devis, la façon dont les mesures sont faites. Il lui montre alors son flingue de chantier, grâce auquel il mesure le niveau d'insonorisation, et lui explique, cette fois de vive voix, ce qu'il s'apprête à faire.

La dame est prise d'un tel fou-rire qu'elle en laisse tomber son bébé. Denez, la tête froide, saisit le bébé au vol. Voilà le bébé en question, tout sourire, dans les bras de Denez. Ce petit bout est si beau et fleure si bon le lait maternel que Denez est pris d'une émotion telle qu'il manque de dire au bébé, « Je suis ton père! »

A bien y réfléchir, Denez se rend compte, d'un coup d'un seul que c'était le moment le plus intense de toute sa vie, non seulement professionnelle. A ce moment précis, en l'espace de quelques fractions de seconde, tout semblait possible. Il vit pour la première fois de sa vie, un basculement et pourtant pas agi en conséquence. Il aurait pu tout plaquer pour cette femme et ce bébé qui n'était même pas le sien.

Mais non, comme un con, fallait qu'il reste professionnel et qu'il fasse ce pourquoi il était venu. Tirer un coup de pistolet, mesurer sa sonorité et s'en aller.

S'en aller sans jamais oser y revenir. Il aurait pu, tout aussi bien, être détective, Denez, avait bien trouvé à l'époque ce qui clochait. Le propriétaire de la maison du bout était le seul qui louait sa maison et n'avait pas prévenu les locataires de la visite de l'expert.

C'était un magouilleur de première qui avait payé des dessous-de-table aux gars du chantier pour qu'ils mettent entre la maison mitoyenne et la sienne, une double couche d'isolation, mais pour que ce soit moins évident, de s'amuser à faire la même chose dans tout le lotissement. Forcément, entre d'autres maisons, il n'y avait aucune isolation sonore.

Quelle affaire! Le procès dura un certain temps. Certains en bavaient tant du bruit, qu'ils revendaient leur bien à des pauvres innocents. Denez n'aurait jamais fait l'acquisition d'une maison en lotissement tant il avait vu de malfaçons, au fil des décennies.

Denez, expert. Était-ce la bière ou le confinement? Il a eu tout le loisir de réfléchir à sa vie. Ainsi a-t-il fini par y voir clair. La femme qui lui fait tellement d'effet quand il va danser, quand il a le grand honneur de pouvoir danser avec elle, c'est bien la fille au soutien-gorge d'allaitement! Elle lui fait autant d'effet que la jeune femme allaitante à l'époque!

Elle a un peu changé, mais ce n'est pas grave, parce que Denez a changé, lui aussi. Ils ont chacun déménagé à un moment donné de leur vie pour se retrouver à nouveau dans le même secteur! Ce n'est pas un hasard, mais le destin!

« Qu'on nous laisse sortir, mais bon sang, qu'on puisse enfin sortir de chez nous! Qu'on en finisse avec ce confinement! Il faut que je la retrouve, j'ai assez perdu de temps comme ça! » Denez ne parle pas à voix haute, il hurle parce qu'il sait maintenant qui est la femme de sa vie. Il faut qu'il la retrouve au plus vite et tant pis pour le nombre de beaux bébés elle a pu faire entre-temps.

KATELL

Katell était retournée plusieurs fois au fameux bar où elle avait rencontré Gwen. Elle s'en mordait toujours les doigts, c'était peut-être vraiment l'homme de sa vie. Le karma lui avait donné une chance, mais elle avait tout gâché. Là-dessus, le confinement n'a rien arrangé.

Elle était allée devant sa maison le fameux soir. Dès qu'il a été possible de s'éloigner de plus d'un kilomètre de son propre domicile, elle avait tenté de la retrouver. Mais elle ne se rappelait plus exactement ni la rue où il habitait, ni la maison où il résidait. Il faut dire, dans les quartiers résidentiels, tout se ressemble tellement. Elle avait bien essayé de faire le tour du quartier, à pied, à vélo et même en voiture.

Mais, plus de deux mois après, en plein jour et quand on a dégrisé, ce n'est pas facile de s'y retrouver! Elle finit par laisser tomber. De toute façon, c'était un quartier portant le panneau « voisins vigilants ». Elle n'avait eu aucune envie de devoir s'expliquer, devant qui que ce fut, n'aurait pas su que dire, encore moins le formuler.

C'est ainsi que Katell n'a plus jamais revu Gwen. L'avait-elle dégoûté des femmes? Qui sait? Entre copines, elles se disaient souvent qu'à force de tomber sur les mauvais numéros, elles allaient vraiment finir par se lasser des hommes. Mais ce que Katell et ses copines ne savaient pas, c'est que pour les hommes, c'était exactement la même chose.

Pour l'instant, elles n'étaient pas encore très crédibles, elles ne continueraient pas à sortir tous les weekends, si elles voulaient effectivement joindre les actes à la parole.

Katell était en effet la dernière chance que Gwen s'était donnée. Si avec cette fille quelque chose clochait aussi, il ne sortirait plus jamais avec quiconque. Après tout, il n'était pas si mal, tout seul. Personne pour l'emmerder. Et tant pis pour les moments intimes à deux!

Pourtant, ce soir-là, Gwen avait vraiment été exceptionnel. Katell voyait bien qu'il voulait tout bien faire, quasiment plus pour lui encore que pour elle. Il était très choux, comme aurait dit sa propre fille, il paraissait honnête et sincère au point d'en être craquant.

Mais, lorsqu'il fut devant sa maison, Gwen prit peur, très, très peur. Il avait pris l'habitude de ne pas indiquer où il habitait, par crainte de se faire draguer non pour ce qu'il était, mais pour la belle et grande maison qu'il occupait et l'aisance matérielle que cela conférait. Qu'elles s'imaginent pouvoir chauffer ses cartes de crédit à lui! Aussi préférait-il toujours se rendre chez elles en premier lieu. Et ensuite, aviser.

Avec Katell, il avait commis l'impair de vouloir juste bavarder avec elle. Ce soir-là, il faisait froid et, du bar, la distance jusqu'à chez lui était bien moindre que jusqu'à chez elle. Il n'aurait rien voulu de plus ce tout premier soir, seulement bavarder un peu. Ils s'accordaient bien, il n'avait en tête que poursuivre la conversation tranquillement ailleurs que dans le bar bondé, où on ne s'entendait qu'à peine.

A la fin, Katell paraissait folle à lier. Pour une fois, les voisins avaient de quoi jaser, en entendant de l'allée, son fou-rire ridicule et incontrôlable. Sauf que Katell n'était que pompette, c'est tout. Elle n'avait juste pas, pour ainsi dire, l'alcool mauvais. Comment aurait-il pu seulement le savoir? Il ne connaissait rien d'elle.

De son côté, Katell se posait des questions. Peut-être avait-il eu une crise cardiaque, un AVC, qui sait, ou même était mort du coronavirus? Elle ne le saurait jamais. Lorsqu'elle essaya, une énième fois, d'entrer son beau nom dans les moteurs de recherche, elle ne trouva toujours rien sur lui. C'était quasiment inquiétant de songer à quel point il devait être parano et control freak, pour ne laisser aucune trace de lui, à condition qu'il fût encore en vie. Du coup, Katell renonça à de nouvelles recherches et ne sut jamais ce qu'il était advenu de lui.

Il n'en restait pas moins qu'elle continuait à se poser des questions. Et à force, elle percevait bien qu'elle perdait en légèreté.

Elle n'osait même pas aller aux toutes premières sorties nocturnes qui pouvaient enfin avoir lieu, après ces longs mois de confinement et déconfinement progressif. Elle savait bien qu'on n'arrête pas la progression d'un virus par les paroles, par l'autosuggestion que tout était fini, ni a fortiori par le déni, voire par des croyances farfelues et totalement extravagantes.

Alors, pour se prémunir des risques de contagion, bien réels encore, elle se contentait de se balader toute seule, bien tranquillement. En journée, il lui arrivait, parfois, de rencontrer des personnes qu'elle avait l'habitude de voir lors des soirées. Elles devaient ressentir les mêmes appréhensions qu'elle et, parfois, elles se parlaient à travers leur masque, à distance réglementaire. Ainsi, elle en apprenait davantage sur elles. C'était dramatique, elle se rendait compte qu'elle ne voulait même plus danser avec tout le monde.

La rencontre la plus drôle qu'elle fit, et Katell aimait rigoler un bon coup, c'était avec un homme plutôt timide, avec lequel elle avait eu l'occasion de danser, avant le confinement. Il s'avéra qu'il n'était pas si timide qu'on le croyait. Il savait très bien au contraire où il voulait en venir.

C'était étrange, peut-être juste la conséquence du confinement solitaire, mais Katell avait vraiment l'impression de l'avoir toujours connu, du moins, de l'avoir connu à un moment donné de sa vie, sans pour autant être capable de restituer la moindre situation concrète. Elle était tout simplement bien en sa compagnie.

En particulier, elle appréciait qu'il n'ait pas mal pris les paroles qu'elle lui adressa en le saluant, « Masque, confection maison! On dirait que tu t'es fait ton masque tout seul et que c'était la première fois que tu utilisais une machine à coudre! Dommage qu'ils ne t'aient pas livré le mode d'emploi avec la machine à coudre!»

EDERN

Eh bien, pour une fois, Edern avait vu juste. Il faut avouer qu'ils se sont bien payé sa tête! Ils se sont mis, l'un à pouffer de rire, l'autre à lui cracher sa gorgée de bière à la figure et, le dernier, à se tenir le bide. Heureusement qu'Edern n'avait demandé conseil qu'à trois de ses amis. Trois amis? Edern ne cessait de se dire, « Tu parles, si c'est ça, les amis! »

Edern voulait juste conquérir le cœur de Gaidig. Il y avait quelque chose qui le chiffonnait. Il avait l'impression qu'elle s'était forgé une carapace. Aussi avait-il envie de percer son secret, d'autant qu'elle avait ce petit quelque chose d'indéfinissable que n'avait aucune autre femme, pas même Awena, Katell ou Morgane.

Avec Awena c'était simple, grande séductrice, il suffisait de lui faire des compliments, la flatter un tantinet et elle mordait l'hameçon.

Katell, de toute façon, rigolait de tout, tout le temps, au point que c'en devenait même gênant. Son rire, communicatif au départ, devenait peu à peu franchement pénible.

Morgane voulait toujours être consolée, il suffisait d'être bon danseur, ce qu'Eden était devenu au fil des années. Quand on dansait avec elle, on avait l'impression qu'on venait de lui faire le grand câlin dont elle avait si besoin. Mais elle était susceptible, qu'est-ce qu'elle était devenue susceptible!

Quant à Gaidig, c'était une véritable énigme. Elle faisait à la fois l'effet d'avoir vécu des événements absolument horribles dont elle devait se protéger, le restant de ses jours, et en même temps, ne semblait pas en porter les stigmates. Un vrai mystère: la femme, son histoire, ses ressources.

Edern, complètement démuni face une telle carapace, avait donc sollicité ses amis. Ronan lui avait conseillé d'aborder avec elle des sujets tels que l'art floral, le step ou le scrap-booking. D'après lui, c'étaient des sujets qui parlaient à toutes les femmes, il pouvait en être sûr. Mais là, c'était vraiment trop gros. Edern comprit, immédiatement, qu'il se payait sa tête et lui dit, « Tu me prends pour un con, ou quoi?! »

Ronan n'avait pas eu le temps de lui répondre, qu'Edern l'avait planté là, furieux qu'il était. De toute façon, Ronan n'avait rien d'autre à lui dire. Parce que franchement, il en avait des problèmes, Edern!

Aodren, lui, ne comprenait rien à toute cette histoire. Des femmes, il y en avait plein les sites de rencontre. Pourquoi s'entêter à en vouloir une en particulier? Lui, il voyait tout de suite quand il avait affaire à une chieuse, à une pissouse, ou encore à une pikez. Dès que l'une pointait du doigt ses fautes d'orthographe, il savait d'avance que c'était fichu, que rien n'allait jamais lui aller. Avec les filles en soirées, c'était plus compliqué, on ne savait jamais trop à quoi s'en tenir.

Et puis lui, Aodren, dans son métier, c'était simple. Dès qu'il avait des chantiers dans les quartiers bourges, il lui suffisait de ne pas mettre sa ceinture et elles descendaient de leur belle maison bourgeoise lui proposer un café. Un café pour commencer. Comme s'il n'était pas déjà suffisamment énervé comme ça!

Elouan lui a conseillé l'achat d'une moto. Autant les mecs avaient envie d'enfin s'acheter une moto, autant les femmes avaient envie de se faire embarquer sur une moto. Parce que tout le monde, absolument tout le monde, avait envie de passer à autre chose, après toutes ces décennies d'économies pour le petit appart, pour la baraque achetée en commun, ensuite pour la bicoque achetée, chacun de son côté.

« Et les gosses! Tu te rappelles, les gosses! Les monoplaces hideux, les sièges bébé, les poussettes à trimbaler dans le coffre! Et puis, les frais d'études des mioches, études qui, au demeurant, ne leur servaient pas à grand-chose. Ceux qui avaient appris un métier manuel, s'en tiraient bien mieux.

Maintenant, chacun ne veut plus qu'avoir les cheveux dans le vent, n'avoir plus besoin de personne, ne connaître plus personne. Rien d'autre, qu'appuyer sur le starter. Avoir son bel engin, et puis tant pis, si tu meurs demain!»

Décidément, Elouan était trop con. Comment Edern avait-il pu avoir un copain pareil? Lui-même se le demandait bien. Elouan se trouvait original, alors qu'il ne débitait que les paroles éculées d'un vieux tub des années soixante! Et puis quel con en effet, cet Elouan! C'était pas une Harley ou une Triumph qu'il avait, mais une KTM! Depuis quand, une fille voulait se faire embarquer par un mec sur une KTM?

Edern avait fini par comprendre qu'il valait mieux s'y prendre d'une toute autre façon. Dans les soirées, les soi-disant potes étaient tous des concurrents. Pas mieux que les femmes. C'était aussi simple que ça. Pour ce qui était des femmes, c'était comique de les voir se fusiller du regard. Ridicules, elles l'étaient vraiment.

C'est bien pour ça qu'Edern adorait rester bien tranquille au bar à reluquer le manège, tant des potes que des nanas. Puis, il n'avait pas besoin de bouger, de toute façon, on venait tout le temps l'inviter à danser. Le monde à l'envers, quoi!

Dans les soirées dansantes, au fond comme dans la vraie vie, les femmes étaient toujours majoritaires. La concurrence, dès lors, était sacrement rude. D'abord, réussir à inviter un homme avant qu'une autre n'y parvienne. Un vrai tour de force! Mais le comble dans cette concurrence, c'était bien qu'une femme se pointe avec la même robe qu'une autre.

Edern, perché sur son tabouret, avait déjà assisté à une scène du genre. Il en avait surpris une, se décomposer littéralement, faire aussitôt demi-tour à la vue de la même robe portée mille fois mieux par une autre femme! Même si ce genre de choses ne lui sautait pas d'emblée aux yeux, une scène aussi pathétique était immanquable. Elle avait les yeux qui sortaient de leurs orbites, comme dans un dessin animé. Impossible de ne pas voir.

La femme sidérée, infiniment vexée de ne porter si beau, réapparut une heure plus tard, le décolleté plongeant, la robe courte, perchée sur des talons aiguilles, qui, comble du ridicule, l'empêchaient d'avancer. Le plus drôle, c'est que personne n'osait l'inviter à danser pour autant: ils avaient tous peur de devoir la ramasser par terre.

Seule Gaidig était copine avec tout le monde, ne regardait personne de travers et n'avait jamais ni l'œil jaloux, ni l'œil méchant. Elle semblait, en toute circonstance, fidèle à elle-même, au point qu'Edern se dit qu'il devait en faire autant. Les conseils d'amis n'en étaient pas. Il suffisait juste de se faire confiance, paraître naturel, sans s'en remettre à des potes, aux tuyaux plus que douteux. Pas besoin du moindre conseil, agir sans filtre, sans réfléchir.

Du coup, Edern regarde Gaidig parce qu'il a envie de la regarder. Elle remarque son regard et elle le soutient. Il a envie de danser avec elle, alors il l'invite à danser et elle est d'accord de danser avec lui. Il danse avec elle, comme si la piste leur appartenait. Elle en fait de même. Il a envie de danser avec elle sans lui parler, elle aussi. Le bonheur partagé se passe de mots.

Une danse, deux danses, trois danses. Alors qu'en soirée, c'est une danse avec une dame et on passe à une autre. Puis, toujours sans mot dire, Edern prend la main de Gaidig. Elle ne sait ce qu'il compte faire, ne pose pas la moindre question et laisse sa main dans la sienne.

Il la conduit chercher leurs manteaux. Sans lui lâcher la main, il lui passe, uniquement de sa main libre, maladroitement l'imperméable sur ses épaules. Il a le regard intensément posé sur le sien. Puis il saisit sa propre veste de cuir, toujours d'une seule main et la jette négligemment sur ses épaules.

Gaidig l'ajuste de sa main libre et en profite pour regarder Edern langoureusement dans les yeux. Edern esquisse un sourire, la guide vers la sortie, le regard droit devant sur la porte de sortie, celui de Gaidig sur son dos, sa nuque, ses cheveux.

Dommage, en quelque sorte. Ni Edern, ni Gaidig n'auront vu six yeux sortir de leurs orbites, trois langues toucher terre, ni les trois pintes écrasées au sol.

SOIZIG

Enfin, Soizig avait une vie sociale digne de ce nom. La fermeture définitive du magasin de laine, les tacos qui chassaient les boulangers, les baguettes cuites sur place et les croissants au beurre, ses petites boutiques préférées de vêtements pour dames qui s'installaient dans les centres commerciaux, plus rien ne l'atteignait au plus profond de son âme. Il y a quelques mois seulement, elle aurait vécu tout ça comme l'annonce d'une autre pandémie qui s'annonçait.

Ce changement profond pouvait avoir lieu grâce à trois poses de douze minutes, vingt-quatre dessins et l'illumination qu'elle-même pouvait avoir, au moins vingt-quatre têtes et donc des têtes à l'infini. Il ne fallait pas s'occuper d'une tête. Chaque visage exprimait tant de visages différents, pourquoi ne se préoccuper que d'une seule gueule. Oui, Soizig est devenue plus franche, même crue parfois. Elle a fini par dire, tout haut, ce qu'elle pensait depuis toujours, tout bas.

Heureusement, parce qu'avant elle aurait eu du mal à se regarder dans une glace avec ce qu'elle avait fini par faire. Qu'elle était bête, alors! Qu'est-ce que ça changeait après-tout, si elle trompait son mari qui en faisait autant?

D'accord, le tromper avec Yannig avait été stupide, immature, mais ça faisait partie du procès en quelque sorte. En effet, ça tenait du miracle qu'elle ne se soit rien chopé, à son âge avancé, même malgré les rapports protégés. Contrairement à son mari, Yannig était bien roulé, si jeune encore.

Soizig était tellement contente et le remerciait sans cesse que cette relation improbable ait pu durer.

Enfant, Yannig, ne devait pas avoir eu beaucoup de reconnaissance ni de compliments. Il avait été ému et déstabilisé à chaque parole gentille de Soizig. Elle espérait que ce n'était pas seulement parce qu'elle aurait, pu être sa mère, elle en avait bien l'âge. Soizig s'est bien gardée de livrer à Yannig le résultat de l'analyse qu'elle faisait de son profil psychologique. Leur relation avait même duré suffisamment longtemps pour que son amie Lena à qui elle n'avait rien confessé du tout, elle s'en gardait bien, lui dise un jour, « Alors, on fait la cougar, maintenant?! »

En effet, heureusement que Soizig était aussi passée de l'autre côté du miroir, parce que comme ça, elle fut bien moins choquée quand Fanch, un de ses amis au café, lui avait demandé un jour de relire ses carnets, uniquement pour juger de leur qualité littéraire.

Fut un temps où elle l'aurait giflé illico ou lui aurait renversé son café chaud sur son pantalon blanc, aurait regretté d'avoir pris un café crème plutôt qu'un espresso bien serré. Mais au stade où elle en était, plus rien ne l'étonnait et elle était plutôt fière d'elle qu'un homme lui confie son jardin secret.

Fanch savait que Soizig était grande lectrice. Elle lui avait bien confessé qu'autrefois, elle ne trouvait rien de mieux à faire que lire, tricoter, aller dans les magasins et être frustrée parce que ses pulls maison lui allaient aussi mal que les vêtements achetés en boutique.

Autrefois, Soizig avait bien été une de ces femmes qui s'habillent précisément avec ce qui leur sied le moins. C'en était presque attachant. Presque parce qu'elle ressemblait à une petite souris. Une petite souris qui n'intéressait personne.

La qualité littéraire et l'intérêt général des carnets de Fanch laissaient à désirer. Non pas désirer au sens sentimental ou sexuel, mais comment lui dire franchement qu'ils ne valaient rien? Alors, les lui rendant, corrigés de rouge, Soizig dit à Fanch « Tu sais, Fanch, c'est très bien écrit, sincèrement, mais même si tu publies sous pseudonyme, tout le monde saura que c'est toi qui les as écrits. Es-tu prêt à prendre ce risque? »

Bien évidemment, Fanch n'était nullement prêt à prendre un tel risque. Avec ses bains de mer à l'excès, il avait gagné en souplesse, grâce et légèreté, mais seulement dans l'eau. Il commençait à se déplacer lentement avec grâce et légèreté, mais dans la mer seulement. Il avait les pectoraux musclés, mais telle une raie, dorénavant, sa chair était dépourvue de colonne vertébrale. Le courage de Fanch était devenu cartilagineux, lui aussi.

Une raie plus vraie que nature.

LOIG

C'est un jour de bonne pêche que Loig s'est persuadé qu'il ne servait à rien d'entrer en contact avec des femmes, si, en termes astrologiques, elles n'étaient pas compatibles avec lui. Une journée de pêche est drôlement longue et agréable. Du coup, Loig se trouvait des défis personnels et sacrément utiles pour profiter au maximum de ces journées de grâce divine.

Ce jour-là, la meilleure pêche de toute la saison, il s'était installé tranquillement avec une liste de tous les signes astrologiques à ses côtés, tous les signes, sauf le scorpion. Pour la très simple raison que la nuit précédente, il avait appris que le scorpion était le signe astrologique avec lequel il était le moins compatible. Statistiquement, en tant que verseau, il allait y avoir un grand défaut de complicité amoureuse avec les scorpiones. À quoi bon les ajouter à la liste?

Ainsi, à chaque nouveau lancer, il pensait à un signe astrologique. À chaque la prise, il notait, d'un côté, le nom du poisson et son poids, de l'autre, le signe astrologique qui lui était venu à l'idée. Chose surprenante, il avait pêché exactement onze poissons, à l'heure précise qu'il s'était fixé pour rentrer.

La chose plus incroyable encore, qui s'est avérée le soir, alors qu'il comparait à l'ordinateur les pourcentages de compatibilité, c'est que plus la compatibilité avec un signe était significative, plus le poisson était noble et le poids important. Mais oui, ça ne pouvait pas être un pur hasard.

Du coup, Loig se créa un profil sur un site de rencontre qui indiquait les signes astrologiques juste à côté des pseudos, ça lui facilitait drôlement la tâche. Il n'avait pas à demander à chaque femme de quel signe elle était et ne risquait pas de passer pour un obsessionnel.

Pour plus d'efficacité, Loig savait qu'il lui fallait procéder de façon systématique. Aussi se concentrait-il chaque mois sur un seul signe. Onze mois, des centaines de femmes avec lesquelles il échangeait virtuellement la première quinzaine du mois. La deuxième quinzaine, il rencontrait, de visu, les trois femmes qui lui paraissaient les plus intéressantes.

Onze mois, trente-trois femmes rencontrées autour d'un café et toujours pas l'âme sœur. Il décida, alors, de faire une pause d'un mois, juste pour réfléchir et se pencher sur les taux de compatibilités astrologiques et les impressions que lui avaient laissées les femmes rencontrées.

Un mois entier consacré à la pêche. C'est bien en pêchant qu'il réfléchissait le mieux. Ses amis se régalaient d'ailleurs autant que lui, il n'aurait jamais pu manger tout ce poisson tout seul, ni même le caser dans le grand congélateur à la cave. De toute façon, ça ne servait à rien non plus de le congeler, puisqu'il avait du poisson frais, tout le temps.

En dehors de la pêche, ce fut un mois gâché, toutes ses réflexions ne lui avaient servi à rien. Le mois d'après, douze mois après le lancement de la recherche amoureuse planifiée, il fallait qu'il arrête de se prendre le chou. Ce n'est pas un mois qui était gâché, mais bien douze, comme le nombre des signes astrologiques. Pour le coup, logique.

Donc, pour se changer les idées et arrêter de trop réfléchir, il allait boire un verre, se baladait sur la plage ou en forêt, ou allait danser le samedi soir, parfois même le vendredi. Ainsi en avait-il fini avec la pêche, car il ne voyait plus du tout l'intérêt d'aller pêcher.

Ce qui était incroyable, c'est qu'il apercevait souvent une femme qu'il n'avait jamais remarquée auparavant. Mais oui, elle aussi, elle commençait à le remarquer. Au bout d'une semaine, ils commencèrent à échanger quelques mots. C'était comme si l'un avait collé un GPS à l'autre.

Des discussions si agréables, au sujet de tout et de rien, qu'ils finirent par se donner rendez-vous et projeter des sorties ensemble. Pourquoi pas? Il suffisait que l'un propose quelque chose, pour que l'autre acquiesce, ayant eu la même idée.

Une fois, sur le chemin du halage, Awena avoua à Loig qu'elle avait tenté les sites de rencontre, mais qu'elle avait fini par se désinscrire totalement, tant c'était frustrant. Une fois seulement, il lui savait semblé avoir trouvé quelqu'un qui lui convenait. Elle lui avait donné rendez-vous au musée, l'idée de ce lieu de rencontre semblait intéresser la personne en question, mais l'homme lui avait tout simplement posé un lapin. Elle ajouta, qu'il lui avait vraiment fallu du temps pour s'en remettre.

À la fin du mois, ils se promenaient, se tenant par la main. Depuis trois semaines, une seule question taraudait Loig: Quel pouvait bien être le signe astrologique d'Awena?.

C'était la femme de sa vie, la compatibilité à toute épreuve, enfin il était amoureux, réellement et carrément amoureux. Il se fichait assez de la réponse, il voulait juste savoir. Il y avait une seule chose dont Loig était sûr: en aucun cas, Awena ne pouvait être scorpionne.

Eh oui, hélas et va comprendre, Awena était bien du signe du scorpion. Ils avaient perdu toute une année de bonheur de leur vie à cause de l'astrologie!

ROZENN

Est-ce une chance de voir défiler sa vie devant ses propres yeux? Rozenn, en tout cas, s'en serait volontiers passée. C'est un vrai miracle que Rozenn ait réussi à sortir toute seule de cette eau glaciale. En sortir vivante surtout.

Quelle chance aussi de tomber sur Fanch. Disons que c'était plutôt l'inverse. Fanch, ce matin-là, était très matinal pour prendre son premier bain de mer de la journée et c'est bien lui qui est tombé sur Rozenn. Son retard sur le planning était tel qu'il s'était mis en tête, la veille, de prévoir pour les jours suivants, tant qu'il faisait à peu près beau, trois bains quotidiens. Donc, s'il voulait respecter son planning, il fallait vraiment y aller dès le lever du jour.

L'aube pointait à peine, lorsqu'il n'en crût pas ses yeux. On lui avait bien expliqué, qu'un de ces jours, il lui faudrait se faire opérer des yeux. Fanch avait bien eu l'occasion de voir des cadavres de requins déchiquetés après les tempêtes, des masses noires, gisant dans de grandes flaques rougeâtres. Là, ça avait tout l'air de s'agir de la même chose, mais la mer était calme depuis plus d'une semaine déjà. Puis, des mirages sur le sable mouillé à cette température, du jamais scientifiquement prouvé. Donc ça ne pouvait en aucun cas être un mirage.

De nature curieuse fort heureusement, Fanch s'approche et découvre le corps d'une femme. Il n'ose pas se dire: « Un cadavre de femme! », bien que cela en eût tout l'air. Par chance, Fanch avait pris son portable, enroulé dans sa serviette, persuadé qu'à une heure si matinale, il ne prenait aucun risque de se le faire voler.

Fanch appelle aussitôt les secours, et au moyen de sa propre serviette de bain, lui recouvre le corps. Tant pis pour la serviette de bain qu'il lui faudra certainement jeter. Il n'aura aucune envie de garder un souvenir de cette découverte. Toutes ces tâches de sang, quel intérêt à les garder? Fort heureusement, la femme se trouve déjà plus ou moins en position latérale de sécurité, si bien que Fanch n'a pas à la bouger. Il lui prend son pouls. Trop faible, bien trop faible. Il faut d'urgence qu'il la réchauffe pour lui relancer le pouls.

Lorsque les secouristes arrivent sur les lieux, ils découvrent, ébahis, l'homme et la femme dans la position de la petite cuillère. Ils n'en reviennent pas, eux-mêmes n'auraient jamais pensé à ce geste qui réconforte les amoureux, soulage apparemment les blessés et qui dans le cas présent, a certainement dû sauver la vie de Rozenn.

Surtout que l'homme avait aussi ouvert la fermeture éclair de sa combinaison, pour transmettre mieux encore la chaleur de son corps. Heureusement aussi qu'il s'était habitué à ne pas avoir froid et ne pas toujours réfléchir à ce qu'il faisait, à se fier à son instinct plutôt.

Les secouristes interloqués, ne sachant pas du tout si Fanch joue un quelconque rôle supplémentaire dans le malheur de Rozenn, lui proposent de l'installer à l'arrière de l'ambulance, avec Rozenn.

Il aura tenu la main de Rozenn jusqu'au service de réanimation. Il aura attendu pour la voir entrer en salle d'opération. Probablement, ce petit geste, de la prendre par la petite main, aura aussi contribué à ce que l'opération réussisse si bien.

Au final, Fanch n'aura pris aucun bain de la journée. Tout ce qu'il fit, se résume ainsi: être près de Rozenn dans l'ambulance, l'accompagner jusqu'à la salle d'opération, prendre un café à la cafétéria de l'hôpital et attendre l'heure de l'ouverture des magasins, tout ça en combinaison de plongée.

Qu'importe au fond un tel accoutrement? Ce n'était pas bien grave, les gens qu'il croisait, pressés de se rendre au travail, n'étaient pas bien réveillés de toute façon et ne faisaient aucun cas de lui.

Au réveil, Rozenn se rappela tout juste qu'à un moment donné, elle avait eu mal au crâne, comme pas possible. A présent, elle réagissait bien aux médicaments et ne sentait plus la moindre douleur, elle se sentait juste ralentie, légèrement confuse, mais lucide à la fois. Somme toute, un état de latence drôlement agréable.

Le service des urgences de l'hôpital était exemplaire. Tant de sollicitude, de compétence et d'humanité, elle n'avait vu ça nulle part ailleurs. Du coup, elle était vraiment contente que la vie continue, décidément elle n'avait pas encore tout vu. Revenant tout doucement à elle, elle goûtait au plaisir exquis d'être tout simplement en vie.

Une fois habillé de vêtements de ville et sa combinaison de plongée dans un sachet à la main, Fanch retourna à l'hôpital, prendre des nouvelles de la patiente. Rozenn ne savait pas du tout qui c'était, mais l'infirmière le lui a expliqué calmement: « C'est l'homme à qui vous devez la vie. »

Il n'est pas resté longtemps pour ne pas fatiguer la patiente, mais il fallait absolument qu'il sache comment elle s'en était tirée. Même s'il ne voulait pas encore se l'avouer, il sentait bien que s'était créé un lien entre eux qu'il n'avait encore jamais éprouvé de sa vie. Quelle étrange sensation ressentie simultanément par chacun, de se sentir aussi proche d'une personne inconnue.

Rozenn de son côté, s'est sentie réconfortée par la présence de cet inconnu, alors qu'elle le voyait pour la première fois. Elle apprendra plus tard qu'elle avait été dans les bras de cet homme pendant plus d'une demi-heure et que le corps a ses propres souvenirs et ressentis que le cerveau n'accepte pas toujours.

L'infirmière proposa aussi la visite d'une psychologue et d'un gendarme, parce que ce serait peut-être important de raconter au plus vite ce qui s'était passé, mais seulement si elle s'en sentait capable.

Bien sûr que Rozenn souhaitait ardemment savoir ce qui s'était passé, elle ne comprenait toujours pas comment elle a pu se retrouver dans ce lit d'hôpital où elle allait rester au moins une semaine. Donc oui, avec grand plaisir.

La psychologue ne pourrait passer que le lendemain, mais le gendarme affecté à l'hôpital pouvait la voir dans l'après-midi. Du coup, Rozenn pensa à ses autres entrevues avec les gendarmes.

Rozenn a le temps de se dire que fort heureusement, depuis quelques années, elle n'habite plus la même petite ville. La mémoire se met tranquillement en marche.

Lors de son divorce, les tractations de la partie adverse étaient si acharnées qu'elle s'était retrouvée plusieurs fois au poste. Elle avait été toujours interrogée par le même gendarme. C'était consternant, Rozenn n'avait même pas eu le droit au petit jeu « good cop, bad cop ». Le mauvais flic se contentait de se suffire à lui-même.

Des témoignages produits par l'ex-belle-famille dans le cadre du divorce précisaient qu'elle aurait été manipulatrice. Mauvaise mère et manipulatrice. Ce qui était faux, vraiment faux. Elle était la seule à s'occuper des enfants, des soins qui devaient leur être apportés autant que de l'amour parental.

En face d'elle s'était trouvé un gendarme qui était de toute évidence aussi en instance de divorce et semblait prendre des notes des faux témoignages plutôt que de ce qu'essayait vainement de lui expliquer Rozenn.

A sa énième question, « Alors comme ça vous manipulez les enfants ? » Rozenn a craqué. Elle lui a rétorqué, « Mais, Monsieur, venez donc chez moi un soir quand les enfants reviennent de l'école avec des poux, vous pourrez m'aider à les manipuler ! ». Rozenn n'a jamais su s'il avait compris son jeu de mots, mais elle avait bien l'impression que non.

L'infirmière annonce l'arrivée du gendarme de service. Ce n'est pas vrai ! La vie de Rozenn n'a pas fini de lui réserver des surprises, des mauvaises, aussi bien que des bonnes. C'est bien le même gendarme incompétent qui va l'interroger !

Pour quelle raison les mutent-ils tout le temps? Pour sûr, il ne faudra pas compter sur lui pour voir clair dans le drame que vient de vivre Rozenn.

RONAN

Au fil de ses lectures, Ronan s'était rendu compte que ses auteurs préférés étaient des femmes. Rien que dans le domaine du polar islandais, aucun homme ne pouvait arriver à la cheville de cet auteur, de cette femme auteur, de cette auteure voire autrice? Même les désignations des métiers avaient commencé à changer.

À travers ses lectures, Ronan a fini par comprendre à quel point les femmes ont dû être brimées dans leur créativité dans les générations précédentes. Y compris la sienne. Il commençait à s'avouer que le plus grand frein dans sa vie amoureuse devait probablement être l'image de la femme dont il avait hérité de sa propre mère, mère au foyer.

Parmi ses amis, les couples qui duraient, qui s'épanouissaient même au fil des décennies, c'était frappant. Seuls les hommes ayant grandi à la ferme étaient encore dans leur couple d'origine. Autant dire, ceux qui avaient toujours vu leur mère travailler autant et plus encore que leurs pères. Du coup, ils respectaient leurs femmes différemment. Ils partageaient les tâches, parce que c'était naturel. Ils méprisaient leurs propres pères qui n'avaient pas aidé leurs mères et s'obligeaient à surtout ne pas les imiter.

Mais les autres? Ronan? Leurs mères n'avaient jamais travaillé à l'extérieur et du coup, ils demandaient à leurs femmes de tout faire de la même façon que leurs mères, alors qu'elles travaillaient autant que les hommes et contribuaient de même au budget familial. Mais les hommes comme Ronan ne participaient pas à quoi que ce soit. Forcément à un moment donné, ça cassait. Et Ronan s'était retrouvé tout seul.

Il a dû se rendre à l'évidence qu'en quelque sorte, il faisait partie d'une génération sacrifiée. Il fallait toute une génération pour que les choses commencent à changer. Et lorsqu'il voyait que les hommes plus jeunes que lui semblaient parfois même plus et mieux s'occuper des enfants ou mieux et plus cuisiner et nettoyer que leurs compagnes, il s'en voulait. Moins pour la cuisine ou le nettoyage, soyons francs, mais pour ce qui était des soins et de l'éducation des enfants certainement.

S'il n'avait pas été désespéré après son divorce au point d'avoir commencé à lire, il n'aurait pas fait la connaissance de Solenn au club de lecture. S'il n'avait pas été obligé de vivre seul aussi longtemps, il n'aurait pas compris le temps et l'énergie que coûtent les moindres tâches ménagères. Ronan était au point pour pouvoir filer l'amour parfait avec Solenn.

Alors, en grands lecteurs qu'étaient Solenn et Ronan, ils partageaient tout pour avoir autant de temps de lire l'un que l'autre. Ils lisaient côte à côte dans le salon, dans l'hamac, dans le lit.

Le travail de Ronan l'obligeait souvent de se déplacer à l'extérieur, il était bien content de s'être mis à lire! Les soirées dans des hôtels quelconques étaient moins glauques et les chambres lui semblaient moins miteuses. Et lorsqu'il appelait Solenn le soir, c'était bien plus agréable de pouvoir parler des livres qu'ils étaient en train de lire que de ses rendez-vous professionnels sans intérêt.

Un jour, Ronan a pu rentrer un jour plus tôt, mais sans pouvoir prévenir Solenn. Il n'avait pas trouvé de prise pour recharger son portable et de toute façon, il avait hâte de lui faire la bonne surprise. Mais qu'est-ce qu'il a trouvé en arrivant?

Une chose dont il n'aurait jamais cru capable Solenn. Même pas lui. Des qualités elle en avait tant déjà, puis ça! On aurait dit que son salon était le quartier général du FBI ou de la CIA, la salle de réunion de la police new-yorkaise, ou la cave d'un tueur en série. Des papiers éparpillés sur la table, des dessins et notes accrochés sur le mur, le tout relié par des fils de laine rouge. Sauf que Solenn ne ressemblait ni à un agent fédéral, ni à un policier américain, ni à un criminel. Solenn était en pyjama rose avec des chaussons fuchsia.

Oui, Solenn était prise en flagrant délit. Elle avait fini par trouver une intrigue géniale et Ronan est arrivé à temps pour qu'elle la lui explique. Elle n'avait pas d'autre choix que d'expliquer. Elle doutait tellement de ses idées qu'elle ne l'aurait pas fait le lendemain. Pour tout dire, elle s'apprêtait à tout jeter à la poubelle au moment où Ronan rentrait.

Sans la lecture, Ronan, n'aurait pas trouvé son grand amour. Sans Ronan qui l'aimait et qui avait fini par s'occuper de la plupart des tâches ménagères, Solenn ne serait pas devenue la meilleure autrice du polar breton.

KLERVI

Tout n'est pas toujours bien et ne finit donc pas obligatoirement bien non plus. Dans l'amour, il arrive qu'il n'y ait aucune logique, aucune justice, aucun répit.

Klervi était une femme très belle. Non seulement jolie, mais vraiment belle. Elle n'était pas seulement belle quand elle se faisait belle, parce que dans ces cas, et malheureusement, elle se sentait obligée de faire comme les autres, elle était sublime. Alors, soit les hommes pensaient qu'elle était inaccessible, soit ils se sentaient inférieurs face à tant de beauté et ils l'évitaient.

Ou alors les hommes se lançaient un défi, parce qu'ils se disaient qu'ils n'avaient rien à perdre ou uniquement pour voir la réaction de Klervi. Yannig l'a bien appelée la veille du déconfinement pour lui demander ce qu'elle ferait le lendemain. Klervi a dû ingurgiter trois Manhattan, mais juste avant, elle a eu le courage de lui répondre, « Mais Yannig, tu es un grand romantique à ce que je vois. De tout le confinement tu t'en fichais de ce que je devenais ou comment je gérais la situation! Faudra que tu appelles quelqu'un d'autre, désolée! »

Jakez, on n'aurait pas dit comme ça en le voyant en société, mais c'était un grand colérique et il était bien tordu. Quelques mois auparavant, Klervi et lui avaient échangé quelques messages et se croisaient de temps en temps lors des soirées. Pas grande chose de plus, mais Jakez voulait savoir, où ils en étaient dans leur relation avant qu'il ne pense même à l'embrasser! Il avait défrayé la chronique, un homme portant le même nom s'était retrouvé à l'hôpital à cause de lui.

Pendant le confinement, Klervi l'avait croisé lors d'un de ses footings d'une heure maximum à moins d'un kilomètre de chez elle. Il était en train de la dépasser, mais arrivée à sa hauteur, s'apercevant que c'était elle, il lui avait demandé, « Dis, ça ne te dirait pas de faire un tour dans les sous-bois ? » Elle avait enlevé son masque et lui avait craché à la figure, « Et la distanciation sociale, bordel ! » Les passants qui n'avaient pas pu suivre le début de l'échange, se rangeaient des deux côtés du chemin... quitte à se taper dessus, tellement les avis divergeaient. Klervi a réussi à prendre le large, mais arrivée à la maison, elle a fait un sort à la bouteille de limoncello.

Pour ses achats de première nécessité, Klervi se rendait vite fait en ville. Peut-être que Brieg n'y était pour rien et qu'il voulait juste être drôle. Après tout, tout le monde avait perdu le sens des échanges humains. En tout cas, il lui avait déclaré « Dis-donc, ton masque, on dirait un demi soutien-gorge ! » Mais comme c'était le lendemain de l'entre-vue avec Jakez, Klervi l'avait mal pris.

Elle enleva lentement son masque, l'a regardé longuement et intensément en le tournant dans tous les sens et a répondu, « Crois-moi, plus vite que tu ne penses, tu pourrais te retrouver dans une situation où tu rêverais de l'avoir en coquille de protection ! » Malheureusement, Klervi a avalé un moucheron en prononçant ces mots. Le masque était bien plus utile que certains ne le pensaient. Mais comme Klervi l'avait encore enlevé, le dégoût suite à la gorge irritée à cause du moucheron lui avait coûté cher. Elle ne savait même pas si c'étaient les mojitos ou les martinis qui l'en avaient libérée.

Même bien avant le confinement, Klervi était souvent plantée là dans les soirées et même à la pause café, quand elle avait du travail. Le comble de la situation... elle était persuadée d'être isolée parce qu'elle n'était pas suffisamment belle ou qu'elle avait commis une bourde.

Klervi devait souvent changer d'entreprise, il y avait toujours une raison bidon pour se séparer d'elle. Elle ne comprenait pas, à juste titre. Elle était en effet très compétente dans son domaine, mais ce qu'elle ne savait pas, c'est que pour décrocher un entretien, elle aurait mieux fait de ne pas rajouter sa photo d'identité sur son curriculum vitae.

C'est bien trop tard, lorsqu'il lui fallait sa demi-bouteille de whisky quotidienne, qu'elle a enfin compris. Un jour, le brouillard éthylique s'était tellement dissipé sous le rayonnement solaire inespéré sur sa plage préférée, qu'elle y voyait soudain clair. Lorsque des femmes étaient chargées du recrutement, elles écartaient sa candidature pour ne pas se trouver en face de plus jolie qu'elles. Lorsque des hommes étaient chargés du recrutement, ils écartaient sa candidature par crainte de devenir harceleur.

Contrairement à ce que des femmes moins jolies peuvent s'imaginer, il peut être plus encore difficile de trouver l'homme qu'on voudrait et d'être heureuse en couple, lorsqu'on est belle. Klervi était bien une exception pour confirmer cette règle qui ne tenait pas debout. Mais de toute façon, Klervi était en train de s'abîmer au point qu'il faut espérer qu'elle ne meure pas aussi vite que sa beauté s'évapore.

Au cours de quelques années seulement, Klervi avait fait la connaissance de toutes les femmes et de tous les hommes figurant dans ce livre. Il arrive qu'on boive un verre de trop, mais également qu'on se laisse briser le cœur une fois de trop.

GAEL

Les sites de rencontre ne sont bons que pour ceux qui ne font pas confiance à la vie, Gael l'a toujours su. Il lui arrivait de ne pas comprendre le cours que prenait la vie. A quel point, il avait été difficile de trouver une femme chouette sans passer par des algorithmes. Alors qu'aucune génération précédente n'avait ces sites de rencontre, tout d'un coup, il n'y avait plus que ça.

Mais Gael avait tenu bon et trouvé son âme sœur et vraiment il était heureux, très heureux même. Elle venait de loin, mais avec aucune fille près de chez lui, il ne s'était aussi bien entendu. Ils avaient les mêmes intérêts, le même sens de l'humour. Elle avait son petit accent, mais Gael ne l'entendait pas. D'autres avaient toujours voulu savoir d'où elle venait avant de s'intéresser à ce qu'elle disait. Tant pis pour eux et tant mieux pour Gael. C'est la société dans laquelle il vivait qui lui posait problème et pas d'éventuelles différences culturelles avec le grand amour de sa vie.

Un jour, il eut des spasmes en passant dans le hall du lycée de son fils, juste parce qu'il a vu ce qu'il considère depuis comme le scandale des manuels scolaires. Il n'avait pas compris à l'époque pourquoi cette vision l'avait choqué à ce point. C'était comme si son instinct de prédateur s'était déclenché face à un danger immédiat. Mais pourquoi? Gael n'était aucunement un prédateur, juste un père attentionné et soucieux du bien-être et de l'éducation de ses enfants.

Après tout, on avait bien dit dans les médias qu'il allait y avoir une réforme dans les collèges d'abord, puis dans les lycées. Qu'il fallait changer les manuels. Dans ce hall, il y avait deux énormes bennes entières de livres scolaires qui semblaient être en très bon état. Il n'y avait personne au moment où il passait devant ces bennes et Gael a donc jeté un coup d'œil sur les manuels en question. Il s'en rappellera longtemps.

Son cœur a réussi à se calmer à temps pour l'entretien avec le proviseur. Gael ne se rappelait même plus pourquoi il avait été convoqué. Son fils était un adolescent intelligent et travailleur. Vraiment, il ne savait plus. Mais ces bennes remplies de livres en excellent état, il ne les oubliera pas de si tôt.

L'année d'après, de nouveaux manuels devaient arriver, mais ils tardaient ou alors les professeurs disaient qu'on pouvait s'en passer depuis qu'on pouvait projeter les manuels en classe. Mais Gael ne comprenait toujours pas comment on pouvait réviser à la maison sans le moindre support. Ce n'est pas forcément que les jeunes ne voulaient pas travailler, ils ne le pouvaient pas. Et comment en était-on arrivé à ce niveau de perte de bon sens? Voulait-on sérieusement abrutir la génération de son fils?

On était déjà au deuxième et quasiment troisième trimestre, et en confinement. Gael en a fait des cauchemars, le toner de l'imprimante familiale tournait à bloc. Le prix que ça coûtait et la difficulté de trouver des cartouches d'encre en plein confinement faisaient évidemment que les élèves n'avaient que peu de supports.

Et justement, Gael avait envie de voir les manuels enfin arrivés. Il était vert. Pour ainsi dire aucun contenu, des pages colorées, on aurait dit des livres de sixième, alors que son fils devait préparer le bac. Comment pouvait-on se moquer à ce point de jeunes gens qui n'étaient a priori pas plus abrutis que les générations précédentes? Comment avaient-ils pu jeter ces manuels précieux? L'enseignement à distance aurait été facile, on aurait pu parler de pages des manuels, plutôt que de liens sur des plateformes qui ne fonctionnaient pas si bien que ça.

Heureusement qu'il avait sa compagne, parce que Gael commençait aussi à avoir mal au ventre quand il pensait aux occupations de ses amis. Dès qu'ils rentraient, ils se mettaient devant les écrans, la télé, les sites de rencontre, les séries... que du virtuel, on dirait des ados. Gael se rendait bien compte, leur champ de vision se rétrécissait, leurs sujets de discussion se répétaient et leurs centres d'intérêts diminuaient.

Heureusement que certains amis allaient encore danser, sinon Gael ne les verrait plus du tout. Mais contrairement à Gael, ils n'y allaient pas forcément pour le plaisir de danser.

Gael se posait des questions, était-il en train de devenir un vieux schnock ou bien le monde ne tournait plus rond. Heureusement qu'il avait réussi à maintenir un monde magique avec sa compagne. Aucun d'eux ne regardait son portable quand ils étaient ensemble, ils se préparaient des casse-croûtes pour les déguster tranquillement sur une plage ou dans une forêt, ils bouquinaient. Et ils aimaient être dans la nature, manger des aliments sains.

Ils se ressourçaient avec des petits bonheurs qui avaient fait leurs preuves au fil des siècles, même dans le pays d'origine d'Europe centrale, d'où venait la compagne de Gael. Pour leur bonheur à deux, ils n'avaient besoin ni de batteries, ni de chargeurs, ni de prises électriques.

Souvent le fils de Gael et les filles de sa compagne les accompagnaient avec joie. Puisque la pomme ne tombe jamais loin de l'arbre, il est donc urgent de s'occuper de la santé des pommiers, de ceux qui sont déjà plantés et de ceux qui le seront. La qualité des pommes est en jeu.

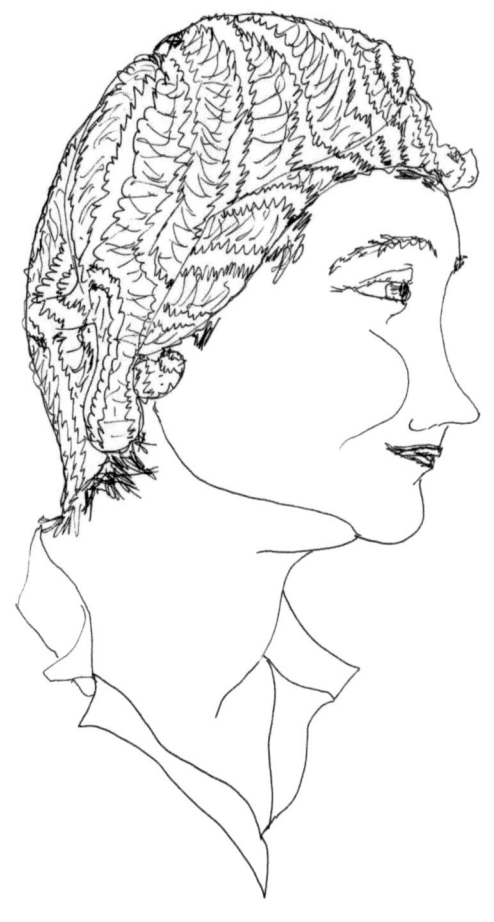

GAIDIG

Décidément, la vie était compliquée, mais chouette. Oh là, là que la vie était chouette, même pour une écorchée vive comme Gaidig.

Avant qu'elle ne demande le divorce, elle avait bien dû vivre des moments heureux avec le père de ses enfants, mais elle ne ressentait plus rien quand elle se trouvait face à lui. Elle se remémorait des scènes, mais pas ses sentiments profonds. Ils étaient devenus inaccessibles, comme si quelqu'un d'autre les avait vécus.

Est-ce qu'un jour, les années heureuses pèseront plus lourd que celles où elle avait enfin compris que son mari était plus marié à sa propre sœur qu'à elle? Qu'elle ne pouvait jamais rien bien faire? Tous ces moments où il lui avait reproché d'avoir toujours battu à froid sa famille? Cette famille, lui avait-elle laissé la moindre place?

Parlons de la belle-sœur. Les rares fois où elle l'invitait à manger, lorsqu'elle servait du poulet, elle servait tout le monde d'abord, y compris elle-même en disant, « Je prends le blanc (ou la cuisse, au choix), de toute façon, ça n'intéresse personne! Ah tiens, Gaidig, je ne t'ai pas encore servie...» Il n'y avait plus de cuisses, ni de blancs, une fois le tour de « personne » arrivé. Gaidig était abonnée aux ailes. De toute façon, les dix dernières années, la belle-sœur n'invitait plus que son frère.

Mais oui, comment se faisait-il que ni le beau-frère ni le mari de Gaidig n'aient relevé cette impolitesse, ne serait-ce que pour la tourner en déraison? Inventer une tournure sarcastique à souhait comme ils savaient si bien en trouver pour faire remarquer cette entorse à toutes les règles d'hospitalité?

Du jour au lendemain, le jour où Gaidig a déclaré vouloir divorcer, elle n'existait plus pour eux. Ni eux pour elle.

Non, pas exactement. Il y a bien eu cette cousine du mari, avocate au barreau de Paris, elle s'en vantait comme si nos barreaux de Bretagne ne valaient rien, qui appelait Gaidig sur son portable pour l'engueuler et lui asséner, « Tu comptes vraiment pouvoir t'en sortir toute seule? Tu ne sais même pas où aller! » Bonjour la solidarité féminine! Et non, Gaidig ne savait en effet pas où aller, elle serait partie à temps, longtemps avant. Gaidig n'a jamais compris pourquoi elle ne lui avait pas raccroché au nez à l'époque. Aujourd'hui, elle le ferait. Gaidig était restée bien trop gentille, même avec les méchants.

Par contre, Gaidig a savouré le confinement comme personne. Tout au début de cette époque si angoissante pour d'autres, elle s'était demandé, « Mais comment aurait-on survécu si on s'était retrouvés confinés avec ses colères qui s'abattaient sur les enfants et sur moi sans préavis? »

Gaidig n'arrive toujours pas à effacer de sa mémoire ce voyage en voiture, le jour où il a jeté un livre à couverture rigide sur l'aîné et la façon dont il a failli éborgner son propre enfant. L'impact l'avait heurté à un centimètre et demi de l'œil.

Heureusement qu'à cette époque lointaine, sa cousine avait vu le changement qui s'opérait pour les enfants et lui avait bien dit, « Tire-toi de là avant qu'il ne massacre les enfants pour de bon!» Du coup, Gaidig savait qu'elle n'était pas folle ou parano, comme son mari lui disait. Les autres avaient la même vision!

Gaidig était censée ramper, mais elle n'en avait pas envie. Ce dont elle avait envie, c'était de danser. Vingt ans sans danser, comment a-t-elle pu s'infliger cette torture? Le mari s'était attaché à massacrer une valse le jour de leur mariage, il avait promis d'aller danser avec elle, mais ne l'avait jamais fait, en vingt ans de vie commune. Ils voulaient qu'elle rampe? Eh bien, elle a dansé et plus jamais elle n'arrêtera d'aller danser!

Rome n'a pas été construite en un jour et qui peut raconter fidèlement les galères que cette construction a pu créer? De même, qui peut ne serait-ce qu'imaginer par quelles galères Gaidig a dû passer?

Gaidig manquait de repères. Sa vie devait être écrite dans le marbre. Le mariage heureux durer toute sa vie. N'y a-t-il pas cette expression européenne que les mariages sont rédigés au ciel, mais qu'ils doivent être tenus sur terre? Gaidig en savait quelque chose. Tout ce qu'elle voulait à présent, c'était retourner au ciel.

Heureusement qu'elle avait été soutenue par des amis précieux, des femmes et des hommes, qui tenaient à elle autant qu'elle à eux. Les autres finissaient par ne plus être ses amis du tout, à sortir de sa vie d'abord, de sa tête ensuite.

Elle a même gagné quelques membres de famille au passage, comme cet ami, Efflamm, qui lui a déclaré un jour qu'elle était de sa famille désormais. Elle a dû faire pitié à ce point. Efflamm était un homme heureux avec Yann-Ber, les deux hommes vivaient ensemble depuis plus de cinquante ans et franchement, pour Gaidig, ils restent une source d'espoir sans fin. Qu'est-ce qu'elle est fière de sa famille!

Gaidig voulait à ce point retourner au ciel qu'elle a commis quelques impairs, de grosses bourdes également. Mais il faut le rappeler, elle n'avait aucun repère pour le monde dans lequel elle vivait.

Elle croyait avoir trouvé l'Amour, donc l'amour avec un grand A, avec Yannig. Mais Yannig était un coureur de jupons et Gaidig tombée dans le panneau. Le panneau est tombé par la force de l'impact et il a écrasé l'amitié d'une de ses meilleures amies.

Gaidig s'en voulait, mais elle a fini par bien en rigoler quand Klervi lui a dit qu'un coureur de jupons s'appelle un « chasseur de tabliers » en allemand! Eh bien, qu'il continue à chasser d'autres tabliers! Il avait probablement commencé par chasser des tabliers de soubrettes et de femmes de chambre. Il a dû enchaîner avec des tabliers de cuisine et de jardinage, puis continuer avec des tabliers chasubles. Qu'il finisse par les tabliers blouses et des robes tablier!

Par contre, le jour où Edern a dansé trois fois de suite avec Gadig, elle savait pertinemment que la vie allait enfin lui réserver ce qu'elle méritait depuis si longtemps. Quand Edern l'a guidée vers la sortie, les deux tiers de la salle auraient voulu être à la place de Gaidig, autant dire, toutes les femmes.

Elles aussi le voulaient ce premier rôle. Les gens s'écartaient à leur passage, on aurait dit des stars de cinéma.

Dommage qu'Edern n'ait pas vu que Gaidig sortait en dansant une petite routine de claquettes dans son dos. Ne serait-ce qu'à cause de ce time step sublime, effectué avec grâce, aucune autre ne *pouvait* prendre sa place!

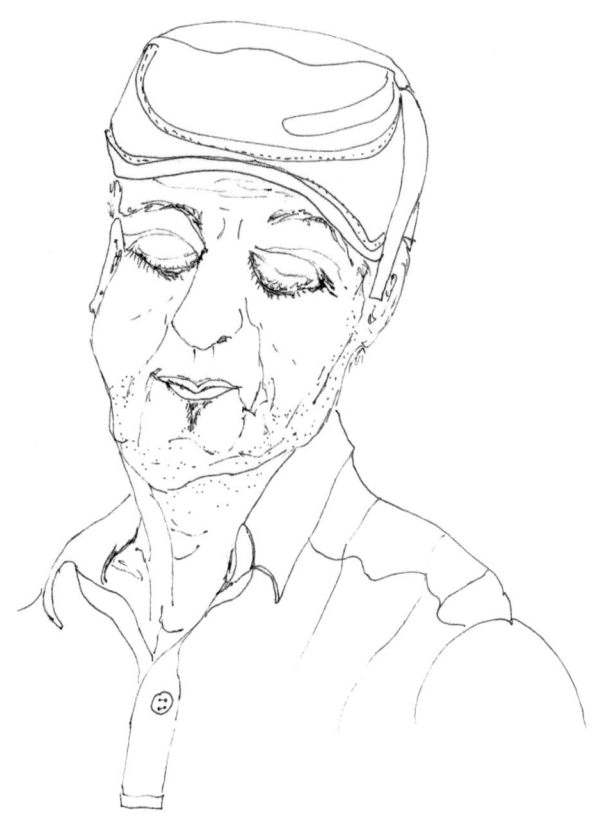

FANCH

Fanch était en train de prendre son deuxième café à la cafétéria de l'hôpital quand il prit conscience qu'il n'arrêtait pas de courir, alors que ça faisait un bail qu'il était à la retraite. Pour quelle raison ne s'accordait-il pas le moindre répit?

Il était huit heures du matin, encore une heure avant l'ouverture des magasins et qu'il puisse s'acheter de quoi se vêtir et pouvoir enfin enlever sa combinaison de plongée. Il allait être ridicule à se balader dans les rues comme s'il se rendait à une plage. Et si quelqu'un prévenait l'hôpital psychiatrique?

Fanch était en état de choc, alors qu'il avait affirmé aux ambulanciers, aux infirmières et au médecin qui allait opérer cette femme qu'il a trouvée quasiment morte sur la plage: « Mais oui, bien sûr, ça va aller, ne vous inquiétez pas pour moi, je vais bien, je vous assure, je ne connais même pas cette pauvre femme. C'est d'elle dont il faut s'occuper. Je vous remercie pour les métiers que vous faites. J'espère que l'opération se passera bien. Vraiment ça va aller. »

C'était un jour véritablement différent, plus rien d'insignifiant n'importait. Fanch voulait porter des vêtements de ville, dans quelques heures, quand l'opération serait terminée. Il voulait être distingué, non pas pour la draguer, cette pauvre inconnue, mais pour lui faire oublier ce qui allait sans doute lui revenir petit à petit en mémoire.

Il voulait lui montrer que la normalité n'était pas ce qu'elle avait dû subir, mais que c'était bien d'être présentable les uns devant les autres, de se traiter avec respect, d'être à l'écoute, pour se montrer à quel point on tenait les uns aux autres. En se comportant avec attention et humanité.

Il voulait lui donner de l'espoir, et il n'allait pas y arriver non plus avec des cheveux gras qu'il voulait laver après son bain de mer. Heureusement, qu'il avait un ami dans la ville de l'hôpital. Un vrai ami qu'il pouvait en effet appeler à n'importe quel moment. Un ami qui s'est contenté d'accepter sans lui poser la moindre question lorsque Fanch lui avait demandé tout de suite s'il pouvait prendre une douche chez lui.

Fanch était prêt à attendre le temps qu'il fallait, il voulait voir cette femme une fois réveillée. Il s'étonnait de ses sentiments, bien sûr qu'elle était dans un sale état, mais cette femme était avant tout un être humain. Il ne se rappelait même plus quand pour la dernière fois, une femme n'était pas juste une femme point barre pour lui.

Elle l'intriguait, personne ne savait pour l'instant qui elle était, on ne pouvait informer aucun membre de famille. Peut-être Fanch allait-il être un peu sa nouvelle famille? Ses propres enfants habitaient loin et cette femme devait avoir à peu près l'âge de ses enfants. Il commençait déjà à la considérer un peu comme sa propre fille.

Sa femme et lui avaient un jour dû faire face à une fausse couche, on n'avait qu'à dire que cette femme aurait pu être cet enfant-là. C'était une femme, mais Fanch ne la considérait pas comme une énième femme après laquelle courir. Cette fille était sa fille.

Puis, Fanch avait bien vu la tête du gendarme à qui il a dû laisser la place auprès de cette femme attachante qui ne se rappelait même plus comment elle s'appelait. Ce pauvre type n'allait rien résoudre du tout.

Fanch devra s'en charger. Comme un père s'en chargerait. Le médecin était formel, en prenant ses pincettes, il lui a expliqué calmement, mais clairement, qu'elle avait dû vivre un martyre *avant* de se retrouver à l'eau. D'après lui, c'est grâce à la marée basse qu'elle s'est échouée sur la plage par la suite, elle n'aurait pas pu s'en sortir seule à cet endroit. Le médecin connaissait bien l'endroit où Fanch l'avait trouvée.

« La chance dans le malheur. Je me demande quand elle serait sortie de l'eau avec un coefficient peu élevé. Heureusement que ce sont les grandes marrées... » Fanch avait compris que ce chirurgien était exceptionnel et qu'il allait pouvoir le contacter plus tard, avoir son point de vue de médecin aussi bien que de marin et peut-être bien de nouveau membre de famille de cette fille s'il le fallait. Disons, un membre de famille très éloigné, parce que si cet homme prenait à ce point à cœur toutes les personnes malheureuses qu'il voit défiler, il finirait par arrêter d'opérer. Il fallait le préserver au maximum. Mais quel bonheur de rencontrer un homme exceptionnel!

Fanch allait trouver les salauds qui avaient fait ça et s'en chargerait. Fanch ne se rappelait même pas depuis quand il n'avait plus eu une mission aussi importante dans sa vie.

Mais oui, pourquoi seulement courait-il autant? Tous ces bains de mer, une fraction du compte aurait suffi pour être en forme. Les rencontres à l'infini, le cœur n'y était pas. La rédaction de carnets, ils étaient bidon et sans intérêt.

Il a dû se rendre à l'évidence que ça avait pu être pour éviter d'aller au cimetière. Lui aussi, il aurait voulu s'occuper des fleurs sur la tombe de sa femme, aller les arroser tous les jours alors qu'il pleuvait tout le temps. Comme un certain nombre de veuves. Mais il avait fait couvrir la tombe d'une plaque de pierre. Fanch n'était pas une bonne femme, c'est ce qu'il aurait pensé hier encore.

Toutes ces femmes qu'il côtoyait depuis des années, qu'il finissait par rendre malheureuses, elles ne lui servaient qu'à lui occuper l'esprit. C'est son cerveau qu'il fallait soulager bien plus que son pénis et testicules réunis.

D'ailleurs, trichait-il? A force d'avaler la pilule bleue au bon moment, d'aller subtiliser vite fait le préservatif vide, changer de femme quand elle ne le faisait plus bander?

Tout était comme s'il avait fallu passer par là, par un contact purement platonique, par une victime d'un crime odieux, pour que Fanch se rende compte de l'intensité du contact humain désintéressé. Une sensation qu'il n'avait plus ressentie depuis la mort de sa femme. Honnêtement, il n'avait jamais pu retrouver l'intensité du lien qu'il avait eu avec sa femme.

C'est donc le jour où Fanch n'a pas pu prendre le moindre bain de mer, qu'il a failli prendre une victime humaine pour un requin échoué, qu'il a gagné un membre de famille, qu'il s'est mis à réfléchir, qu'enfin le deuil de sa femme adorée a vraiment commencé.

MORGANE

Son histoire à lui a failli l'attraper, elle. Morgane est sortie avec un homme qui ne lui correspondait pas. Bon, d'accord, pourquoi vous le cacher? C'était Elouan. Mais bon, ça ne fait pas encore de Morgane un cas à étudier de près. Après tout, combien de gens sont vraiment bien assortis? Réfléchissez à vos couples d'amis avant de penser au vôtre. Comme ça, vous vous rendrez compte qu'il n'y pas lieu de s'inquiéter d'être dans la norme. Mais ne pensez pas à votre couple avant tout. De façon générale, ça n'avance pas à grande chose de penser à sa pomme d'abord.

Sauf que dans le cas de Morgane, c'était quand-même autre chose. Morgane aurait pu être fière d'avoir réussi à couper court a cette histoire qui commençait à durer. Et pour laquelle elle a failli laisser sa santé. L'homme avec qui elle sortait, Elouan, n'avait pour ainsi dire pas d'amis, mais Morgane en avait des tonnes. Mais ce n'est pas grave, ça leur faisait une moyenne, n'est-ce pas?

Si, c'était grave, il y avait une raison à cela, Elouan avait un passé tellement lourd que Morgane avait fait le tour des maux de quasiment tout son corps pendant les années où elle sortait avec lui. Comme s'il fallait qu'elle paye pour son histoire à lui. Elle souffrait en silence, donc soyons fiers d'elle qu'elle ait plaqué cet homme. Parce qu'elle, elle ne l'est pas.

De l'étendue de l'expression « en avoir plein le dos », Morgane a fait le tour. La charge psychique était devenue trop lourde pour elle depuis qu'elle pensait être obligée de porter, en plus de l'accumulation de son propre travail, l'histoire dramatique qui avait conduit quelqu'un en prison dont il allait sortir un jour où l'autre.

Bien sûr que les maux de tête étaient directement liés au stress. Les céphalées de tension se traduisaient par une douleur au niveau de la nuque, des tempes ou du front. Elles couvraient une large partie de la tête de Morgane. C'était un effet casque, mais ce n'était malheureusement pas elle qui pouvait changer la musique de ce casque, l'adapter à son goût musical.

A cela s'était rapidement ajouté un mal de ventre. C'est l'estomac, ce deuxième cerveau, à moins que ce ne soient les intestins directement, que la psyché de Morgane avait choisi comme son lieu de prédilection. A ne rien y comprendre, en effet. Les douleurs de ventre surviendraient en cas d'incapacité à digérer des événements? Morgane le savait très bien, mais ne pouvait rien y faire. Les maux de ventre étaient devenus chroniques.

Normalement, les douleurs musculaires révèlent qu'un effort trop intense et brutal a eu lieu. Mais Morgane n'avait pas le temps de faire autant de sport qu'elle aurait voulu. Elle avait mis trop de temps à comprendre que la cause était les émotions refoulées. Tout aurait pu s'arranger si seulement Morgane avait voulu accepter de ne pas toujours vouloir contrôler les situations.

Les rages de dents ou les douleurs aux gencives n'étaient nullement dues à une quelconque surconsommation de produits sucrés. Au fil des années, Morgane avait fini par largement préférer les aliments salés. Elle ne se rendait même plus aux salons de thé qu'elle affectionnait tant autrefois. Les maux de dents traduisaient sur le plan psychique une incapacité à prendre des décisions importantes dans sa vie et surtout à les exprimer. La zone buccale étant la zone de la parole par excellence, une fois la rupture annoncée, Morgane a pu annuler le rendez-vous chez son dentiste.

Elle en était plutôt contente, même si elle n'avait rien contre son dentiste en tant que personne, tout au contraire. C'était un homme charmant, de conversations intéressantes. Il n'y avait jamais rien à redire. Tant mieux, parce que de toute façon, allongé sur le fauteuil du dentiste, combien de fois pour combien de temps est-on réellement en capacité de répondre? Et a-t-on réellement envie d'énerver son dentiste?

Comme les mains sont liées à la sphère relationnelle dans le registre psychosomatique, toutes les tensions, les douleurs et la rigidité des mains de Morgane ont disparues depuis qu'elle a surmonté la difficulté d'être bien au monde. Elle a fini par lâcher le contrôle et la maîtrise pour se laisser porter par les événements.

Et ce qui était vraiment chouette, c'est que Morgane a pu vivre un sacré coup de foudre quasiment le lendemain de la fameuse rupture avec Elouan. Donc la perte de contrôle et de maîtrise, elle l'a vécu de près, de très près même. L'univers ne l'a pas laissée tomber, sauf qu'il s'agissait d'un problème de réciprocité. Morgane était tombé amoureuse, mais pas Brieg.

Hélas, le coup de foudre en question fut à ce point localisé qu'il ne concernait que Morgane. Une géolocalisation de ce coup de foudre aurait démonté que le cerveau de Morgane, ou probablement son cœur, en était l'épicentre. Mais bon sang, elle ne pouvait pas se partager *entre* ces deux humains, entre Morgane et Brieg, cette foudre, quitte à moins les déstabiliser, mais tous les deux?

Le cou a posé encore quelques problèmes à Morgane, même après la rupture et une fois follement amoureuse de Brieg. C'était normal, puisque le cou fait le lien entre la tête et le corps, soit entre le monde des idées et celui de l'action, il fallait bien que Morgane sache quelles idées elle voulait enfin poursuivre et ce qui pouvait être poursuivi dans la mesure du possible.

C'était quasiment le jour où elle a repris le tai chi qu'elle a enfin pu oublier qu'elle avait un cou. Une fois le conflit entre réalité et désirs profonds résolu, Morgane a retrouvé la mobilité de son cou. Mais Morgane se racontait des histoires, ce n'était pas le tai chi, mais son coup de foudre pour Brieg, c'était l'idée de pouvoir vivre un grand amour. Nous sommes d'accord, c'était bien une idée fixe, mais une idée tout de même.

Pour ce qui était des douleurs aux épaules, Morgane savait très bien qu'elles peuvent signifier que quelque chose ou quelqu'un est trop lourd à porter. Elle le savait très bien et était d'autant plus en colère que cela puisse l'atteindre, même si elle en avait conscience. Et c'était bien elle seule qui portait la responsabilité de la rupture.

Par contre, c'était la douleur aux deux hanches qu'elle n'arrivait pas à s'expliquer. Morgane se refusait de plus en plus à chercher les raisons de ses maux, sinon elle aurait bien fini par savoir que cela signifiait bien une incapacité à aller de l'avant ainsi qu'une grande résistance au changement. Elle ne voulait rien savoir. Pourtant ça lui aurait appris que ce n'était que sa peur de perdre ses repères, peur de prendre des décisions importantes, puisqu'avoir mal à la hanche empêche les déplacements et la latitude des mouvements. Que dire quand ce sont les deux!

Le genou est une articulation très mobile qui va de l'avant vers l'arrière, de l'arrière vers l'avant, de gauche à droite, de droite à gauche. Avoir mal au genou restreint la liberté de mouvement et traduit un certain manque de souplesse, un comble pour quelqu'un comme Morgane qui était souple comme pas deux.

Bien heureusement, ce fut la souplesse d'esprit qui à un moment donné a tout de même réussi à prendre le dessus. Elle y aurait laissé sa peau acnéique qui la pourchassait toute sa vie.

Oui, exactement, pauvre Morgane, il ne manquait plus que les pieds. Elle avait fait le tour de tous les maux de son corps. Des maux partout, sauf aux pieds.

Mais vous ne vous rappelez donc vraiment pas que c'est une autre femme plaqueuse d'hommes, Rozenn, qui les lui a procurés!

MAEL

Mael avait toutes ses chances auprès de Nolwenn. Mais comment aurait-il pu le savoir? Il lui avait envoyé ses souhaits de Nouvel An. Des souhaits très chaleureux, sincères et même amoureux. Puis plusieurs déclarations d'amour par la suite. Il n'osait pas l'appeler, il avait peur de se tromper dans ses mots en lui parlant de vive voix. C'est à ce point qu'il la désirait, rien qu'elle.

Avec les messages au moins, il pouvait réfléchir longtemps avant de les envoyer. Il ne les transmettait pas à Gaidig, qu'il avait laissée peaufiner ses vœux de Nouvel An, mais Gaidig le guidait bien dans ce qui pouvait être dit, sans froisser une femme et sans passer pour un beau parleur. Un de plus. Montrer à Nolwenn que cette fois-ci, c'était bon, il ne retournerait plus auprès de sa femme dont il allait divorcer de toute façon. Mael avait bien entamé la procédure de divorce et ne la retirerait pas.

Mais oui, Nolwenn l'aimait aussi et même aussi fort. Mais elle ne voulait plus souffrir et a préféré en avoir le cœur net. Elle le laissait languir plusieurs jours avant de lui envoyer une réponse sommaire et neutre. Des messages qui ne l'engageaient à rien. Elle mettait des jours avant de répondre, des jours qui pouvaient aller jusqu'à une semaine. Nolwenn avait été très déçue par Aodren, Elouan et Gireg. Cette fois, elle allait être difficile à conquérir et il fallait qu'elle tombe sur le bon, une épaule sur laquelle elle pouvait vraiment compter.

Gaidig avait bien encouragé Mael à tenir bon, à surtout ne rien lâcher. À continuer avec ses messages gentils. Gaidig ne se faisait pas d'illusion, « C'est sûr, moi j'aurais dit oui tout de suite avec le peu de perspectives que j'ai, mais Nolwenn, tu as vu un peu toutes les options qu'elle a? Si tu veux mon avis, elle peut se permettre de jouer la princesse difficile à avoir. Tu seras son prince, attends juste encore un tout petit peu. » D'après elle, Nolwenn ne voulait qu'être rassurée de la sincérité de ses sentiments. « Donne-toi encore deux semaines, tu n'est pas à ça près, ensuite tu pourras laisser tomber! »

Mais Mael n'a pas écouté sa cousine. Si de manière générale, les hommes écoutaient un peu plus les femmes, les choses seraient peut-être un peu plus simples. Ou alors, si les femmes se décidaient un peu plus vite, elles aussi?

En tout cas, Mael s'est tout de suite inscrit sur un site de rencontre et il avait l'impression que ça allait coller avec la première contactée. Comme quelques jours après, Nolwenn l'a vu se promener bras dessus, bras dessous avec Klervi dont elle pensait qu'elle était sa copine, elle a eu le sentiment que les deux se fichaient d'elle. Auprès de Nolwenn, Mael est cuit pour de bon. Et il ne peut s'en prendre qu'à lui-même.

Par contre, Gaidig, la copine de galère de Mael, sa cousine d'adoption, n'a pas été si difficile à caser après tout. Décidément en termes d'amour, il n'y a aucune règle. Pas la moindre!

NOLWENN

Tout ce que souhaite Nolwenn dans la vie, c'est trouver un homme fiable, qu'elle puisse aimer et dont elle soit aimée en retour. Mais c'est précisément le souhait le plus compliqué à exaucer. Surtout si on a envie d'une belle histoire qui dure. Elle y a cru avec Aodren, avec Elouan et avec Gireg, mais aucun n'arrivait à la cheville de son mari défunt.

C'était quelque chose, voir mourir son mari dans ses bras et ne rien pouvoir y faire. Un AVC qui ne s'était annoncé d'aucune manière. Qui aurait cru qu'un homme si jeune puisse mourir si tôt, si abruptement et laisser derrière lui sa femme avec ses enfants qu'il adorait. Malheureusement, ça arrive bien plus souvent que l'on ne souhaite, bien sûr, il y a aussi les accidents de la route, du jardinage, de travaux domestiques, de travail.

Personne n'en parle, mais si ça trouve, ça arrange un tas de conjointes et conjoints d'enfin se retrouver seuls. Il n'y a pas besoin d'avoir vécu le confinement imposé pour s'en rendre compte.

Mais ce n'était pas le cas pour Nolwenn. Elle avait essayé maladroitement d'effectuer les premiers gestes de secours, après tout, elle avait bénéficié d'une formation au sauvetage et secourisme du travail. Mais ce n'était pas la même chose de s'occuper d'une poupée ou de son mari qu'on aime toujours par dessus tout! La formation ne datait pas d'hier et Nolwenn n'aura jamais la conscience tranquille. Avait-elle aggravé la situation à essayer de s'occuper des premiers gestes toute seule avant d'appeler les secours. Seraient-ils arrivés trop tard quoi qu'il arrive?

C'est plus fort qu'elle, elle ne veut plus jamais revivre cette situation, ni même au sens figuré. Qu'une relation amoureuse meure, même sans mort de quiconque. A chaque rupture, elle a mal aux bras comme si elle devait porter un autre cadavre.

Mael lui a bien tourné autour, ils étaient ensemble à trois reprises et ont par conséquent rompu autant de fois. Nolwenn l'a aimé, vraiment. Elle l'aime toujours, c'est bien pour cette raison précise que les ruptures étaient déchirantes. Elle revivait à chaque fois la mort de son mari, alors que Mael n'était qu'un amant.

Depuis la dernière rupture, il lui envoie des messages. Mais Nolwenn n'y croit plus. Elle pense à ce proverbe qui dit que lorsqu'on te déçoit une fois, c'est la faute de l'autre, mais quand la même personne te déçoit deux fois, c'est ta faute. Et la troisième alors? C'est sa grande faute, sa très grande faute.

Comme il y a déjà eu trois ruptures avec Mael, il ne faudrait pas que Nolwenn vive une quatrième. Elle était littéralement à terre trois fois, une quatrième fois, elle ne se relèverait pas. Il y a des risques à prendre et d'autres à refuser fermement.

Bien que tout le monde dise à Nolwenn qu'il vaut mieux être seule que mal accompagnée, Nolwenn sait très bien que ce n'est que la moitié de la vérité. Parlons justement de ces gens qui lui conseillent ce qu'ils ne vivent pas par eux-mêmes.

Des amies, des cousins, des collègues de bureau, des connaissances de ses cours du soir, ils trouvent tous que Nolwenn est tellement mieux seule, alors qu'ils sont encore moins bien accompagnés eux-mêmes que Nolwenn ne l'a jamais été.

Ses connaissances féminines ont l'impression que Nolwenn est dangereuse. Dans leurs têtes, elle pourrait s'intéresser à leur mari et elles ne l'invitent plus jamais à un repas, ni même prendre un café. Tant que son mari vivait encore, Nolwenn avait une vie sociale digne de ce nom, depuis sa mort, elle est persona non grata. Comme si le deuil n'était pas déjà suffisamment difficile à porter. Mais des années après, Nolwenn n'a-t-elle pas droit de continuer sa vie?

Pour ce qui est des connaissances masculines de Nolwenn, elles sont quasiment inexistantes et se résument en gros à deux cousins, mais ils vivent très loin. Les hommes aussi se méfient d'elle. Soyons précis, ils la trouvent réellement sympathique, mais ils se méfient davantage de la jalousie de leurs femmes que de Nolwenn.

Un homme aurait-il un jour pensé à présenter quelqu'un à Nolwenn? Ils lui parlent tous de tous ces hommes qui sont tellement seuls et qui ne trouvent personne. Ils en connaissent des tas en effet, mais ils n'aident personne. Au fond, ils sont persuadés que Nolwenn mérite ce qu'elle a et craignent qu'elle trouve mieux qu'eux, qu'elle puisse être plus heureuse qu'eux.

Nolwenn est donc seule. Elle se respecte, elle ne s'abaissera pas, elle ne se casera pas avec n'importe qui. Elle ne cédera plus aux avances de

Mael. Elle assez souffert pour cette vie. Elle souhaite une relation exceptionnelle et la mérite plus que quiconque.

Alors, elle est seule, tellement seule que personne ne peut ne serait-ce que concevoir ce que représente vivre à des centaines de kilomètres de sa famille pour rester près de ses enfants. Jamais Nolwenn ne regrettera sa vie qui a toujours tourné autour de ses enfants et de n'être jamais repartie. Mais aurait-elle pu trouver quelqu'un de bien ailleurs ? Comment le savoir ?

En attendant, c'est réellement dur de rester patiente. Elle fait de petits progrès. Elle a réussi à se tenir à sa bonne résolution de s'interdire toute pensée négative, d'éloigner les personnes qui la tirent vers le bas. Pour commencer, elle coupera l'amitié avec cette « amie » qui lui demande à chaque fois de lui raconter ses malheurs, « parce qu'après, je me rends compte que je vais bien ».

Ne parlons même pas d'amour, mais ne serait-ce qu'en termes d'affinité amoureuse, tout le monde est persuadé de mériter le meilleur.

C'est chacun pour soi et Nolwenn ne peut compter sur personne.

BRIEG

Que c'est dur d'être plaqué! Surtout quand ça vous arrive pour la première fois de votre vie, peu importe l'âge que vous avez. Peu importe si quoi que ce soit a déjà été conclu. Une fois tout espoir brisé, comment espérer quoi que ce soit après?

Rozenn avait offert un de ses livres préférés à Brieg, pour qu'il comprenne qu'il lui trottait dans la tête depuis longtemps. Elle était énervée que Brieg mette un temps fou à le lire, si jamais il l'a lu, en effet. Brieg avait juste dit que c'était un livre intéressant et qu'il la remerciait avec un livre sur le développement personnel dans le monde professionnel.

C'est à ce moment précis que Brieg a vécu le premier échec de sa vie. Rozenn a dit « Intéressant? C'est un des meilleurs livres au monde et tu le trouves intéressant! Et si je t'avais préparé un dîner de gala, tu l'aurais trouvé intéressant aussi? Et si tu te trouvais dans un paysage naturel à couper le souffle, tu le trouverais intéressant? Et si tu sortais avec la femme la plus chouette que l'on puisse imaginer, tu la trouverais intéressante? »

Rozenn n'a pas eu besoin de dire davantage. Si, elle a laissé Brieg planté là avec son bouquin en disant, « Non, merci, sans façon. » Elle est allée voir quelqu'un d'autre un peu plus loin au bar. N'importe qui faisait l'affaire, mais pas Brieg. Brieg, cet homme si beau à qui tout souriait depuis toujours, surtout les femmes, a vécu son premier vrai échec, la cinquantaine bien avancée.

Il se trouve que c'est à ce moment

d'incompréhension totale qui s'avançait sur le chemin de la vérité profonde, un moment rare de suspension de crédulité, que Morgane s'approche de Brieg qui voit bien que c'est une folle de plus qui va lui déclarer sa flamme. Brieg a besoin de réfléchir et d'être seul et avant que Morgane puisse dire quoi que ce soit, il lui lance, « Je n'ai pas la tête à ça! »

Comment Rozenn avait pu s'imaginer que c'était l'homme qu'il lui fallait? Il n'avait même pas l'intelligence de réaliser qu'un auteur et son complice d'éditeur avaient pondu un livre stupide qui se moquait de la crédulité des gens? Juste pour pouvoir se faire un maximum d'argent sur le dos de pauvres imbéciles. Le développement personnel et l'épanouissement au travail, étaient deux choses non seulement distinctes, mais antinomiques. Des arbres avaient été tués pour rien et pour un contenu absurde, pour baigner de pauvres gens dans une illusion totale.

Rozenn a pris conscience que cet homme qui ne savait même pas choisir un livre, ne se rendrait jamais compte qu'il était en face d'une femme exceptionnelle. Rozenn n'était pas un quelconque livre choisi au hasard, mais un chef d'œuvre rarement égalé.

Brieg ne comprenait pas ce qui lui arrivait. Avec sa tête d'ange il avait toujours eu de bonnes notes auprès de ses maîtresses d'école et de ses professeures de collège et de lycée. Le professorat était toujours de son côté. Ce métier qui déjà à l'époque, commençait à drôlement se féminiser et qui par conséquent n'avait cessé de perdre en estime et en réputation. Tous les économistes et sociologues l'attestent. Un métier qui est devenu de bas salaire de toute façon, car il n'augmentait jamais. De tout temps, les femmes professeurs avaient été sous le charme de Brieg.

C'est un tout autre débat, mais franchement, quel homme aujourd'hui voudrait encore devenir prof! Vu la réputation et le salaire, certainement pas Brieg. Même pas pour les vacances. Si on ne peut pas se payer le moindre voyage exotique à quoi bon être en vacances?

Brieg, cet homme qui trouvait les stages dans les meilleures entreprises, puis les meilleurs emplois. Ce que même Brieg ne savait pas, c'est qu'à chaque fois qu'un chef d'entreprise hésitait entre un tas d'autres candidats de qualification égale et lui, il demandait l'avis de son assistante de direction. A chaque fois, les dames en question étaient formelles, elles avaient bien l'impression que Brieg allait être la personne qui s'intégrerait le mieux dans l'équipe. Parce qu'il était beau comme un dieu grec, mais ça, elles ne le disaient pas.

Brieg était embauché aussi facilement que ça et n'avait de cesse de grimper dans des entreprises plus impressionnantes les unes que les autres. Brieg trouvait normal d'avancer à des postes plus prestigieux et mieux rémunérés les uns que les autres. Il ne le saura jamais, mais tout ça, grâce à des secrétaires de direction d'abord et des assistantes de manager par la suite. Aujourd'hui, depuis tous les outils numériques, c'est un métier en voie de disparition, mais peu importe, Brieg ne pourra plus aller plus haut de toute façon.

Vraiment, pour Rozenn, Brieg tout attirant

qu'elle le trouvait, ne valait plus la peine. Rozenn est la première femme de toute la vie de Brieg qui ne débranche pas son cerveau quand elle se trouve face à lui. Forcément Brieg ne comprend pas, il n'avait pas compris que toutes les réussites professionnelles et amoureuses de sa vie étaient le fait et le fruit de son apparence physique et non pas de compétences ou de belle personne.

Laissons Brieg baigner dans l'ignorance, il risquerait de faire une dépression nerveuse de forme grave et se tirer une balle dans la tête.

Ce serait vraiment trop dommage d'ainsi défigurer une si belle gueule.

LENA

Pendant des années, toute mariée qu'elle était, Lena occupait ses journées à regarder ce qui se passait sur « Loveboat World ». Mais elle était naïve, ce site n'était pas adapté à son secteur. En effet, qui avait des jobs ou même les physiques vraiment attractifs dans ce pays?

Malgré toutes les dépenses pour les coiffeurs, esthéticiennes et boutiques, Lena avait toujours de « l'argent de poche ». Du coup, elle le dépensait en sites de rencontre. Oui, son mari était très généreux, mais ennuyeux. Pas suffisamment ennuyeux pour que Lena pense à entrer en contact avec qui que ce soit, mais ces visites virtuelles étaient bien distrayantes.

Malheureusement, plus rien ne se passait depuis des semaines sur son site préféré, elle connaissait tous les profils de cette croisière qui s'amusait virtuellement. Lena ne comprenait pas pourquoi elle ne voyait pas d'image de bateau de croisière dans sa tête pendant ses consultations virtuelles, mais uniquement des flash de tous les cimetières de bateau de Bretagne: Camaret, Crozon, Pluneret, Landevenneg, Lanester, y en avait-il d'autres?

Chose curieuse aussi, le nombre d'hommes disponibles qu'il y avait entre Rostrenen et Callac! Elle aurait bien voulu en rigoler avec ses copines, mais dans ce cas, elle aurait dû leur avouer son petit jeu préféré. Son jardin secret qu'elle cultivait amoureusement.

Il fallait surtout se méfier de Soizig qui passait aux yeux des autres comme sa meilleure copine. Lena gardait les apparences parce qu'elle savait pertinemment que le jour où ça casserait avec Soizig, elle ne la louperait pas. Elle la démolirait tout simplement.

En tout cas, c'est bien étrange, nous avons le word wide web, le monde entier à portée de clavier, et toutes les options semblent se réduire à l'hypercentre du Centre-Bretagne.

Certains hommes de ces profils, elle les connaissait: des maris de copines, des collègues de bureau de son mari, d'anciens copains d'école. Ainsi, même les courses en ville ou dans les galeries marchandes devenaient intéressantes, tous ces hommes si propres sur eux qui avaient plusieurs vies... Beaucoup avaient déjà été invités à sa table et elle à la leur. Plus aucun repas ne la barbait, elle pensait au fond d'elle-même, « Cause toujours, tu m'intéresses! »

Coincée entre les Léonards et les Bigoudens, Gaidig n'avait toujours pas compris que personne n'ait envie de dépenser de l'argent pour un site payant, alors que certains sont gratuits. C'était l'unique raison pour laquelle il y avait si peu de monde sur « Loveboat World ». Quand on est pingre et radin, on ne met même pas le paquet nécessaire pour ce qui vous tient le plus à cœur! Une belle histoire de cœur.

Le problème était bien que pour Lena, tous les jours se ressemblaient et elle était fidèle à son mari qui lui affirmait, « Mais tu sais, ma chérie, je ne t'ai jamais fait défaut! ».

Un beau jour, non, ce n'était pas un beau jour, ça faisait sept mois qu'il n'y avait rien eu d'autre que de la pluie et du vent, Lena en a eu vraiment marre de revoir toujours les mêmes photos, elle a essayé le site « ramasse un naze ».

Le monde qu'il y a sur ce site! Lena a passé tout l'après-midi devant l'écran, l'heure avançait et elle a failli oublier de préparer le dîner! Elle n'était tellement pas dans son assiette qu'elle a cramé la viande, trop salé les pommes de terre et qu'elle s'est brulé les doigts à la place de la crème qui devait l'être.

Elle a eu comme un coup de foudre pour cet Elouan qui posait derrière sa KTM. C'était inexplicable, mais malgré son vocabulaire réduit, ses fautes d'orthographe et son look années quatre-vingt, Lena savait qu'il le lui fallait.

Surtout que quelques semaines auparavant, il avait refusé de prendre le café chez elle. Dès le lendemain de la prise de contact, Lena n'a plus jamais fait de reproches à son mari parce qu'il rentrait après vingt heures du soir, parce qu'elle était prise de cinq à sept de toute façon. Tous les jours de la semaine, relâche le weekend.

Pourquoi et comment Lena avait trouvé ce courage final de se lancer dans la course effrénée du marché des cœurs blessés? C'est très simple, parce que juste avant la photo d'Elouan, elle avait vu celle de son mari exemplaire et sans défauts.

JAKEZ

Jakez est un homme en colère. L'avez vous remarqué? Les gens les plus en colère sont ceux qui ont le moins de raisons de l'être.

Jakez possède une belle et grande maison, mais il l'habite seul. Il n'invite quasiment jamais personne pour que les gens ne voient pas à quel point il est riche. C'est rare qu'il dévoile quoi que ce soit de lui-même. Mais ça ne le gène pas de se faire inviter partout sans jamais rendre la moindre invitation. Et pourtant, les gens continuent à l'inviter parce qu'ils sont contents de pouvoir montrer le peu qu'ils possèdent.

Il est pingre, pourtant, il n'a jamais été dans le besoin. Il n'a plus besoin de se mettre à l'abri de quoi que ce soit. Il a plusieurs assurances vies et a toujours su placer son argent de façon bien avisée. Son banquier n'arrête pas de l'appeler pour faire quelque chose de tout son argent sur tous ses comptes. Il a fini de payer sa maison. Et ses deux maisons de vacances. Il a trois voitures, dont une avec laquelle il ne sort que rarement, parce que si ses amis savaient qu'il possède une voiture de sport ancienne, de collection…

Quelques personnes ont tout de même eu le grand honneur d'entrer dans sa maison, mais encore personne n'est entré dans le garage. Ces happy few s'étonnent que Jakez n'entre pas par le garage, comme c'est devenu l'habitude pour beaucoup de personnes et parce que même chez Jakez, ce serait le chemin le plus court. Mais bien sûr que Jakez entre par le garage, mais il ne faut pas qu'il soit accompagné!

Pour l'instant, Jakez est toujours tombé sur les femmes qu'il méritait. Toutes obsédées par l'argent. Toutes refaites et liftées avec l'argent d'anciens maris, maquillées à outrance. Elles n'ont jamais travaillé, elles étaient aux crochets d'hommes toute leur vie. Tout leur est dû.

Jakez a l'impression que c'est lui qui les trouve, mais il est leur proie. Ces femmes-là ne discutent pas avec n'importe qui. Elles sont bien renseignées et trouvent toujours un pigeon. Quand on a à ce point souffert sous les bistouris, peu vous importe avec quel homme vous sortez, pourvu qu'il soit riche. Et vu à quel point les tissus sont abimés par toutes les interventions chirurgicales, elles ne ressentent plus rien de toute façon.

Jakez est le plus malin des pigeons, il découvre leur jeu somme toute assez rapidement et rares sont celles qui ont pu aller chez lui. Le destin fait si bien les choses que même si Jakez trouve une personne qui le ferait sortir de son impasse, qui lui montrerait la magie des plaisirs simples, avec qui il pourrait bien rigoler et vivre heureux, l'univers lui met des bâtons dans les roues. Il ne faut pas exagérer, un être bien, il faut le mériter.

C'est parce qu'il faut toujours des garanties à Jakez avant qu'il s'engage à quoi que ce soit qu'il passe à côté du risque, du ridicule, du drôle, de l'imprévisible, de tout ce qui fait qu'une vie vaut d'être vécue.

Jakez ne s'est même pas encore posé la question de ce qu'il cherche vraiment. S'il était un minimum honnête avec lui-même, il commencerait à s'avouer qu'il aime bien mieux regarder un bel homme bien bâti qu'une femme parfaite, complètement refaite.

Parce que pour mériter le bonheur, il faudrait savoir partager et se poser des questions sur son propre fonctionnement. Se fier à son instinct et ressentir les humains plutôt que les choses, l'argent surtout.

Pour l'instant, ce n'est pas le cas. Le sera-t-il un jour? En tout cas, pas tant que Jakez demandera à une femme, « Où en sommes-nous dans notre relation? », avant même de se demander s'il a envie de la prendre par sa petite main ou pas.

Jakez arrive à coucher avec les femmes, même s'il n'en a pas si envie que ça et tout en le faisant, il pense à d'autres pratiques. Il est le fruit de son éducation, on lui a appris les choses qu'il faut faire et la méfiance de celles qui seront condamnées. Mais embrasser une femme, c'est tout de même beaucoup demander à Jakez. Il lui arrive de le faire pour la forme et pour mettre les femmes en appétit, mais ça ne lui procure aucun plaisir.

Que la vie est simple. Dans toute relation amoureuse, tout devrait se résumer à cette question basique, « Est-ce que j'ai déjà ou alors toujours envie de l'embrasser? » Donc pour Jakez, l'attachement amoureux reste compliqué, mais à qui la faute?

Comme c'est facile d'analyser les gens, les situations, les marchés financiers et comme c'est difficile de s'évaluer soi-même. Surtout de s'avouer ce que l'on recherche vraiment en termes d'amour.

SOLENN

Solenn est bien contente que Ronan fasse tout pour garder sa charge mentale au plus bas et qu'elle doive s'occuper de moins en moins de la maison pour se consacrer entièrement à son roman policier. Elle en a de la chance, Ronan s'est heureusement rendu compte qu'elle tient en effet une intrigue passionnante. Ronan sait qu'il faut préserver Solenn de toute futilité ou distraction quotidienne. Il faut à tout prix lui enlever le moindre poids psychologique que fait peser la gestion des tâches domestiques et éducatives, engendrant une fatigue physique et surtout, psychique.

Cette fameuse préoccupation constante de la logistique du foyer, même dans les moments où l'on n'est pas dans l'exécution de ces tâches. Il faut absolument qu'elle ne se concentre que sur son intrigue. Solenn avait failli commencer par douter de ses productions, d'elle-même surtout. Mais Ronan est bien là pour elle, il est devenu son roc.

Il devait être bien fatigué après son déplacement professionnel, le jour où elle a été prise sur le fait, mais il avait juste déposé sa petite valise et l'avait écoutée, d'abord debout puis assis par terre, parce qu'elle en avait vraiment mis partout de son bazar, même sur le canapé et les fauteuils.

Rien ne semblait l'énerver, cet homme, vraiment elle avait de la chance! Il l'avait écoutée pendant trois heures, quasiment sans l'interrompre, ou alors vraiment que pour poser les bonnes questions qui devront être élucidées également pour les lecteurs potentiels. Ce n'est qu'après qu'il a eu soif et faim. Faut-il ajouter qu'il s'est servi lui-même à boire et à manger sans broncher? Solenn devait bien avoir le temps de ranger ses affaires littéraires pendant ce temps-là.

Solenn avait lu tant de livres. Elle trouvait que c'était le moment de s'essayer à l'écriture d'un livre elle-même. Juste pour voir. Elle n'avait pas de projet, ni même d'idées précises en tête. Juste cette envie folle d'écrire. Elle verrait bien ce que ça donnerait.

Des années plus tôt, elle avait participé à un atelier d'écriture en cinq séances proposé par la médiathèque. Elle avait eu du mal à lire ses modestes productions devant les autres participants et n'était pas sûre de leur réception. Elle-même avait trouvé les contributions des autres très inégales.

Mais un soir, en sortant de l'atelier d'écriture, un autre participant l'a suivie, s'est mis devant elle, lui a serré les deux bras et lui a dit, « Vous devez écrire, écoutez-moi bien, vous *devez* écrire! »

C'était irréel, l'homme qui avait le physique même de l'auteur tel qu'on peut l'imaginer, grand bel homme âgé, cheveux en désordre, petite barbe et lunettes rondes, cet homme au physique de l'écrivain type qui écrivait des inepties jugeait que Solenn, petite femme quelconque, pouvait être écrivaine.

Solenn avait été très touchée, mais entre les enfants, le travail, le ménage minimum et quelques distractions culturelles, elle ne s'était jamais accordé le loisir de l'écriture. Juste cet atelier d'écriture en cinq séances, mais qui rentrait plutôt dans la case des distractions culturelles que de la passion qui allait changer sa vie. Devenir sa vie.

Les enfants devenus grands et Ronan qui était souvent en déplacement, elle a trouvé que le moment était venu. Dès le départ, elle s'était dit qu'elle ne montrerait que le travail abouti à Ronan, mais finalement, c'était parfait qu'il la surprenne. Il a pu lui apporter ses encouragements au moment même où elle a failli tout arrêter et même passer les notes, les brouillons raturés, les textes retravaillés dans le broyeur papier.

Une fois son exposé terminé et Ronan rassasié, Solenn a enlacé Ronan aussi tendrement qu'elle a pu. Une fois de plus, elle était attendrie par cet homme qui semblait, dès leur rencontre, si impressionné et touché par tout ce qu'elle disait et faisait.

Et à présent même par tout ce qu'elle écrivait. Disons, en dehors de ses listes de courses, penses-bête et notes sur l'agenda. Et encore! Faudrait pas que n'importe qui tombe dessus... Les gens sont tordus! Mais sans gens tordus, pas de romans policiers non plus!

GIREG

C'était certainement drôlement bien de pouvoir rentrer le soir et raconter ses malheurs de la journée à quelqu'un de confiance. Mais Gireg vivait seul. Bien sûr qu'il respectait le secret médical, mais ce soir en particulier, il aurait bien voulu se confier à un être cher, dire comment c'est dur lorsqu'une femme arrive en très mauvais état dans son service et qu'en plus de sa très mauvaise condition médicale, elle ne se rappelle pas comment elle a pu en arriver là, ni même comment elle s'appelle.

Même en discutant avec ses collègues psychologue et gendarme, ne pas pouvoir avancer sur le chemin de la vérité ne serait-ce que d'un pas. La psychologue qui s'est accroché une fois de plus avec le gendarme, mais bon, il est sacrément mal embouché aussi, étroit d'esprit et maladroit. Ils avaient réussi tous les trois à se poser la question invraisemblable de consulter ou de proposer à la victime une magnétiseuse, un hypnotiseur ou un médium quelconque. Si jamais elle avait encore une notion de ce qu'étaient les pouvoirs surnaturels. Le comble, trois experts et pas la moindre solution.

Même le gendarme a dû avouer qu'il se trouvait face à une énigme, ça lui coûtait, ça crevait les yeux. Il n'aimait pas ça. Pourtant, au fil du temps, il avait bien fini par moins se laisser influencer par ses sentiments propres et sa qualité d'écoute n'était plus comme au début de sa carrière: suffisante et méprisante.

Le gendarme a réussi ce petit travail sur lui

en pensant sans cesse à d'anciennes affaires au sujet desquelles il s'en voulait énormément. Il fallait qu'il se rende à l'évidence que les rapports de ses premières années étaient trop biaisés. Il pensait souvent à ce monsieur à qui on reprochait d'érafler toutes les voitures du quartier juste parce qu'il ne parlait à personne, à la dame qui aurait empoisonné les chats, l'hécatombe féline ne pouvait être que de son fait, à cette femme à qui on reprochait de manipuler ses enfants, pourtant il l'avait croisée plusieurs fois en ville et voyait bien que son dévouement parental était des plus naturels, à cet adolescent qui était juste mal dans sa peau, à qui personne n'avait pensé dire qu'il était aimé.

Que dire de la psychologue? Que c'est une ancienne petite fille qui demandait de l'aide et n'en a de toute évidence jamais eu? Que c'est en voulant aider les autres qu'elle finira peut-être par se réparer elle-même? Combien de profs sont d'anciennes têtes de classe et réussissent à être bon pédagogues malgré tout!

Et Gireg, qu'il y a-t-il à dire à son sujet? Que c'est un homme compétent dans son métier et qu'il a gardé toute son humanité malgré les conditions de travail particulièrement dégradées? Que c'est un homme qui sait ce qu'il veut?

Lorsque Gireg dit, je voudrais avoir un beau tableau chez moi, il sait exactement de quel peintre il faudrait que cette peinture soit. Mais malgré son beau salaire, il ne pourra jamais se payer une œuvre originale, si jamais il y en a encore sur le marché. Tant pis, comme il connaît cette femme farfelue qui poste ses œuvres sur son mur virtuel, il sent bien qu'elle serait capable de lui produire ce qu'il recherche.

Comme à son habitude, Gireg était clair et précis dans ce qu'il voulait en termes de peinture, il le lui a expliqué à plusieurs reprises, à plusieurs endroits, des rendez-vous avaient été pris. Pour Gireg, la femme peintre était enchantée par sa proposition, mais la femme peintre était juste une femme en même temps et elle lui a fait des avances.

Gireg s'était juste dit que la femme en question, Gwendoline, était cultivée et attachante, mais qu'elle ne correspondait pas exactement au modèle physique de sa femme idéale et qu'il n'y avait par conséquent aucun risque qu'il l'intéresse. Sa femme idéale, il allait pouvoir se l'accrocher sur son beau mur du salon inondé de soleil. L'idée de sortir avec cette excentrique, cette exaltée, ne lui avait même pas traversé l'esprit. Il y a des points physiques précis sur lesquels Gireg est intransigeant.

Gwendoline n'était pas en état de faire cette concession de produire un tableau pour quelqu'un qui lui plaisait énormément. Elle ne se sentait pas capable d'avoir en quelque sorte la présence de l'être convoité sous ses yeux pendant des semaines et chose aggravante, d'exécuter un modèle féminin à l'exact opposé d'elle-même. Etait-elle capable de peindre un beau tableau, tout simplement parce qu'elle venait de se prendre le râteau de sa vie?

Gireg ne comprenait pas pourquoi elle ne se contentait pas de ce compromis de peindre le tableau pour lui sans s'attendre à autre chose. Il y a une relation entre une peintre et son sujet qui ne se commande pas. L'inspiration et la technique sont deux choses distinctes. Elles peuvent et même doivent s'accompagner pour aboutir à un beau résultat, mais l'un sans l'autre ne vaut rien. Probablement pas seulement en peinture.

Gireg sait ce qu'il veut à un tel point, qu'il finit par ne rien avoir du tout.

AWENA

Awena n'en revenait pas. Elle a pu rencontrer l'homme dont elle rêvait depuis si longtemps de la façon la plus simple au monde. Elle l'a vu un jour entrer dans le bar de la plage avec ses vêtements de pêcheur usés, en cuissardes et pourtant mouillé, avec cannes à pêche, épuisette et sacoche. Non, en effet, il n'était pas tellement présentable et il semblait bien s'en moquer. Il a juste dit, « Là, je mérite un coup quand-même! » et s'est mis à côté d'elle pour lui décrire les onze poissons qu'il venait de pêcher.

Comme si ça l'intéressait, Awena. En fait, pas du tout, mais au final, c'était passionnant. Toute passion est valable. Sans passions, la vie ne vaut pas d'être vécue. Loig était un homme passionné, Awena l'avait remarqué tout de suite, il avait une façon de parler de ses poissons les yeux qui brillent. Elle savait qu'une fois cet homme amoureux, il devrait valoir le coup. Mais bon, à tous les coups, il était casé. Les meilleurs sont toujours en couple, de toute façon, et mal assortis par dessus le marché.

Il est reparti comme il était venu. Mais Awena, il fallait qu'elle reste un peu devant son verre vide. Elle a fini par en se commander un autre pour se demander ce que c'était. Ce sentiment pour lequel elle aurait tout donné tout à l'heure encore et qui semblait bien s'emparer d'elle gratuitement.

Trop bête, vraiment trop bête, elle ne sait même pas si un jour elle reverra cet homme. Si ça se trouve ça ne sert à rien de revenir au même bar parce qu'il va toujours pêcher ailleurs. Elle y est souvent dans ce bar de la plage et c'était la première fois qu'elle le voyait.

Mais le lendemain, elle l'a vu au musée, il disait qu'il était venu là pour réfléchir. Le surlendemain, il était à la caisse voisine du supermarché. Un jour plus tard, il était à la même séance de cinéma. Ils se sont encore dit bonjour, mais cette fois, Loig a dit, « Et si on prenait un verre pour discuter du film? »

C'est ce qu'ils firent. Depuis, ils se donnent rendez-vous tout le temps, ils ne tarderont pas à s'inviter l'un chez l'autre. Vraiment, c'était trop à se voir tous les jours « par hasard », comme si c'était le destin qui voulait qu'ils s'intéressent enfin l'un à l'autre. Comme s'il fallait leur dire, « Mais vous êtes vraiment trop cons, vous allez enfin sortir ensemble, oui ou non! »

Avec Loig, Awena arrivait à discuter de vive voix de tout et de rien, comme ç'avait été le cas en tapotant sur ses portables, ordinateur et téléphone, avec cet inconnu avec le pseudo Lagadeg. Mais tout était resté virtuel avec ce Lagadeg. Il a dû prendre peur, Awena ne comprendra jamais pourquoi. Et aujourd'hui elle s'en fiche bien.

Elle aime Loig. Et Loig aime Awena. C'est tout ce qu'il y a à savoir.

ELOUAN

Il n'y a pas grande chose à dire sur Elouan, non pas que le narrateur omniscient ait des préférences, mais parfois, il doit s'arranger avec ce que le monde intérieur des personnes étudiées lui offre. En ce qui concerne Elouan, les choses sont assez simples: Elouan ne brille ni par ses pensées, ni par ses réflexions. Donc, il n'y a pas grande chose à dire de lui.

Mais ce n'est pas forcément un mauvais bougre pour autant. Sauf qu'à un moment donné, un homme s'était retrouvé en prison par sa faute. Par sa fausse accusation. Une histoire ancienne. Alors vous comprenez bien qu'il faut bien qu'il se change les idées de temps en temps. Elouan a bien l'impression que c'est largement plus simple avec des femmes mariées qui ne travaillent pas.

Le weekend, Elouan sort avec une très belle jeune femme, mince, des mensurations parfaites, une vraie bombe. Mais asexuelle. Elle lui a bien expliqué la chose, elle n'est pas frigide, c'est juste qu'elle n'a pas envie de rapports sexuels, mais que ça l'arrange de faire semblant d'être avec quelqu'un vis à vis des copines.

Comme ça tombait drôlement bien pour Elouan qui ne voulait pas que ça finisse par se savoir qu'il couche avec Lena. Ils sont la couverture parfaite l'un pour l'autre, sans jamais se retrouver dessous, sous les mêmes draps, si vous préférez.

Qu'est-ce qu'elle était pénible, la petite bombe, avec sa collection de sacs à main, à se fâcher quand il ne la complimentait pas sur le nouveau sac. Elouan en avait marre. Il a failli plaquer sa couverture avant de trouver la parade.

Donc tous les weekends, quand il va la chercher le samedi soir pour qu'ils se montrent aux bars ensemble, il dit la même chose, « Quel joli sac! » Incroyable, mais ça lui suffit pour avoir la paix et pour ne pas qu'elle lui fasse la gueule toute la soirée. Elle est tout le temps accrochée à son portable, mais Elouan en est content, ça lui laisse un peu de temps pour discuter avec ses potes au bar. Du coup, c'est comme qui dirait, il sort avec une mince et il rentre avec une grosse.

Contrairement aux femmes qui doivent travailler en usine ou qui aiment jardiner, les bourges ont toujours les mains manucurées à la perfection et sont impeccables en tout. Vraiment, Elouan apprécie, parce que quand on passe ses journées à creuser les chaussées des villes, on ne sait jamais sur quoi on tombe, ni quel tuyau finit par vous sauter à la figure. Mais une bourge bien propre sur elle, quel repos!

Enfin, non, pas de repos. Bref!

Non, pas bref, justement! Ni brièvement! - On prend son temps, on fait les choses qu'on a à faire tranquillement, tendrement, amoureusement. Pour commencer, on s'applique sans en avoir l'air. Après - contrairement à l'orthographe, pour lequel ça peut être foutu dès le départ et quoi qu'on fasse - en termes de vie sexuelle épanouie, ça vient tout seul. Et si ce n'est pas le cas, on laisse tomber, comme on peut le faire pour l'orthographe…

STERENN

Parfois, même un narrateur doit donc se rendre à l'évidence: il n'est pas toujours aussi omniscient qu'il le souhaiterait et il n'a pas forcément accès à une personne dans le coma. Tout ce qui lui reste à faire, c'est attendre. Attendre comme tout le monde.

D'abord, il fallait attendre parce que Sterenn avait subi des coups. Elle a été jetée à la mer, c'est aussi sûr que le fait qu'elle a été retrouvée inanimée sur cette très belle plage, un très beau matin. Cette très belle femme. De tout temps, personne n'a jamais dit que Sterenn était jolie, mignonne ou même « chou ». Depuis le jour où elle est née, absolument tout le monde dit: « Qu'est-ce qu'elle est belle! »

Entre « jolie » et « belle », il y a un monde. Un monde infranchissable, les filles jolies ne le savent que trop bien. Exactement le même monde qu'il y a entre « Il n'est pas mal! » et « Quel beau mec! » Bien sûr qu'il n'y pas que le physique qui compte. Quoique.

Justement Sterenn était belle, mais elle ne comptait rien faire de sa beauté. Elle ne se préoccupait pas du tout d'avoir une vie sentimentale. Elle ne ressentait rien au contact d'un autre être humain. Elle savait très bien qu'elle était belle, mais pour Sterenn, sa beauté se suffisait à elle-même. Jusqu'à ce que le destin en décide autrement.

La lumière au lever du jour était magnifique tout comme la sublime robe de soirée en soie noire.

Une robe longue de créateur de mode, brodée de strass noirs. Oui belles, elles l'étaient toutes les deux, la robe aussi bien que Sterenn. En effet, avant qu'elles ne soient abimées à ce point.

C'est bien à cause de cette robe noire que son sauveur a failli la prendre pour un énième requin échoué et passer son chemin. S'il n'y avait pas eu les strass qui brillaient à la lumière du matin et qui intriguaient le promeneur matinal... Puis, bien évidemment et avant tout, le choc du déjà vu. Pour cette deuxième découverte, Fanch a été plus choqué encore que pour la première. Lorsqu'il avait trouvé Rozenn.

Vous est-il déjà arrivé de vous faire cambrioler? Vous pensiez que, finalement, ça ne vous avait pas perturbé plus que ça? Mais attendez donc qu'on vous dérobe votre liseuse! Vous vous sentirez littéralement à poil devant le monde entier, juste parce qu'un parfait inconnu pourrait découvrir ce que vous lisez.

Tout simplement, parce que c'est pour la deuxième fois que vous vous faites voler vos affaires personnelles. La valeur des objets, les montants des sommes, les dégradations, il ne s'agit aucunement de valeurs quantifiables et comparables, mais de tort subi pour la deuxième fois.

C'est l'auto-défense du corps qui a bien fonctionné la première fois, mais pour cette deuxième, alors qu'il s'agit pour ainsi dire d'un vol insignifiant, elle ne fonctionne plus du tout. Un airbag ne peut se déclencher qu'une fois, après, il faut en faire installer un autre. Mais le ressenti ne se remplace pas. Le déjà vu est toujours de trop, parce que justement, vous l'avez déjà vu.

Pourquoi la mer nous procure autant de plaisir et nous apaise autant? Les bienfaits des bains de mer, Fanch peut vous en parler. Les effets calmants des nuances de bleu, des longues balades sur les chemins des douaniers ou les plages, n'ont pas de secrets pour Enora.

Qui ne s'est pas rêvé chercheur d'or sur une plage? Vous vous imaginez? Tomber sur des pièces anciennes, des pierres précieuses échouées dans un naufrage très ancien! Dès que ça brille, on ne voit plus que ça. On s'imagine que seul le meilleur peut vous arriver dans un endroit merveilleux. C'est bien pour cette raison qu'une vision horrible vous frappe plus fort quand vous êtes au paradis.

Ce n'était donc pas un trésor ancien, ni même un énième requin photogénique, mais bien malheureusement, une image horrifiante d'une deuxième victime humaine!

Le narrateur a attendu. Il doit encore patienter que Sterenn soit transportée dans une ambulance, mise sur un brancard, amenée au bloc. Qu'ensuite elle se réveille peu à peu. En effet, tout narrateur n'est pas autant au courant de tout comme il le souhaiterait.

Pour l'instant, Sterenn est de nouveau sur un lit en salle de réveil, on verra bien de quelle façon, quand et si elle s'en sort. Elle avait été interrogée par un gendarme incompétent. Mais oui, il y en a tellement qui font très bien leur travail et avec humanité.

Une fois de plus, le coup à pas de bol, pauvre petite Sterenn. Elle a craqué face à lui et son cerveau a disjoncté, alors que tout semblait aller pour le mieux. La beauté, ce bouclier étincelant, est finalement aussi fragile que le papier de riz.

De quoi la beauté nous préserve-t-elle au juste? Pourquoi nous nous en préoccupons tant? Vous pensez que votre copine a de beaux ongles? Qu'en savez vous, le vernis bleu, vert ou bordeaux ne sert peut-être qu'à cacher de vilains champignons! Une autre a une poitrine superbe? Alors qu'elle ne met que des coussinets, sous-cutanés ou rajoutés tout bêtement dans le soutien-gorge? Pensez-vous vraiment qu'il n'y a que Bridget Jones qui sort avec des culottes push-up rembourrées et remontantes?

Sterenn n'a jamais eu besoin de tout cet attirail. La voilà donc encore sortie d'une opération. La deuxième. Espérons que le narrateur n'attende pas pour rien. Sterenn est trop jeune. Toute une vie peut encore la combler.

Mais la vie, se préoccupe-t-elle d'être juste?

AODREN

Qu'est-ce qu'ils s'amusent tous les deux, Aodren et son collègue de chantier, Elouan. Aodren veut bien participer au petit jeu d'Elouan, à ne pas mettre de ceinture de temps en temps, surtout les jours des chantiers les plus pénibles. Par beau temps uniquement, il ne faut pas qu'il leur pleuve dans le pantalon quand-même et qu'ils développent des rhumatismes à leur jeune âge. Ils seraient au chômage et quel autre métier pourraient-ils bien exercer sans diplômes? Sans le bac, ni même le brevet? Ils offrent bien une vue de plombier à couper le souffle, mais n'ont pas la formation correspondante.

Elouan et Aodren font des paris pour deviner de quelle maison une femme finira par les observer. Ils font comme s'ils ne les voyaient pas, mais ils se sont quasiment fait pousser des yeux dans le dos. Ils ont développé un sixième sens et se retournent aux bons moments. Un jour, c'était trop beau, ils s'étaient retournés tous les deux en même temps. Tant mieux, ce fut leur plus beau fou-rire de tous les chantiers.

La femme en question habitait au rez-de-chaussée et bien que séparée d'eux par une fenêtre, elle n'était qu'à trois mètres d'eux, trois mètres à tout casser. Elle les fixait et était persuadée qu'ils ne la voyaient pas, puisqu'ils étaient de dos. C'était mal connaître Aodren et Elouan, experts farceurs.

Ils l'ont vue devenir rouge, écarter les yeux et mettre les mains devant ses yeux comme le ferait un petit enfant qui dit qu'il n'est pas là. C'est dans cette position qu'elle s'est retirée de la fenêtre. Tout en reculant, elle s'est pris le pied dans le rideau et elle a fini par chuter. La tringle est tombée à côté d'elle. Du grand cinéma muet! Enfin, presque, s'il n'y avait pas eu ce grand « boum! ».

Depuis, ils se miment la scène l'un à l'autre dès qu'une bonne occasion se présente pour dédramatiser légèrement. Un outil oublié au dépôt, une machine qui arrête de fonctionner, un bar qui veut fermer.

Parfois, certaines femmes viennent leur proposer une bière ou un café, alors qu'Aodren et Elouan travaillent pour les BTP et non pas pour les particulières en question. C'est grâce à leur petit jeu bien rôdé qu'Elouan s'est trouvé comme il l'appelle « une partenaire particulière ».

Qu'est-ce qu'il pouvait être con, Elouan, à connaître les textes des vieilles chansons par coeur et les chanter faux à longueur de temps. Bon, son répertoire s'arrête quelque part au milieu des années quatre-vingt-dix du siècle dernier. C'est à se demander si c'est une bonne chose. S'il n'y avait que ça. Mais c'est aussi un amateur de mauvais goût en tous genres, logements, motos, bières, femmes.

Mais Aodren ne s'intéresse pas aux femmes. Pour l'instant, il n'en a pas encore parlé à Elouan. Nous avons beau être à l'époque actuelle, les réactions des gens sont toujours imprévisibles et il ne faudrait pas que l'ambiance devienne irrespirable au travail pour Aodren. Surtout qu'Elouan a un sens d'humour disons particulier, vraiment spécial en fait.

Non, Aodren ne dit rien, après tout, ce petit jeu, même Aodren le trouve intéressant. Puis, qui sait, peut-être un beau jour, ce sera un bel homme qui sera à sa fenêtre!

Si jamais, au fur et à mesure de votre lecture, vous avez envie de prendre des notes ou de relier les personnages qui entrent en contact les uns avec les autres, cette liste pourra vous être utile. Je vous conseille même de prendre des crayons de couleur pour plus de visibilité…

GWENDOLINE	YANNIG
ENORA	DENEZ
KATELL	EDERN
SOIZIG	LOIG
ROZENN	RONAN
KLERVI	GAEL
GAIDIG	FANCH
MORGANE	MAEL
NOLWENN	BRIEG
LENA	JAKEZ
SOLENN	GIREG
AWENA	ELOUAN
STERENN	AODREN